Chère lectrice,

Sentez-vous l'automne s'installer ? C'est toujours un moment merveilleux et privilégié, lorsque la nature se pare de splendides teintes dorées, orangées, rouille, écarlates, pour nous offrir des paysages incroyables de beauté. Et puis, avec les températures qui fraîchissent, les jours qui raccourcissent, n'éprouvez-vous pas l'envie de cocooner un peu, de paresser tranquillement chez vous, avec un bon thé et un bon roman ?

Ce mois-ci, vous le savez, marque la fin de votre grande saga « L'héritage des Balfour », et c'est Margaret Way qui clôt la série, avec *Retour à Balfour Manor* (n° 3174). Profondément affectée par sa dispute avec sa jumelle Bella et par ses divergences avec son père, Olivia fuit à l'autre bout du monde, en Australie, pour travailler dans le ranch du milliardaire Clint McAlpine. Un homme déroutant et peu conventionnel, qui l'irrite autant qu'il l'attire, et qui semble cacher bien des secrets…

Des secrets que je vous invite à découvrir dès le 1er octobre, en compagnie de votre héroïne !

Très bonne lecture.

La responsable de collection

Un impensable aveu

CAROLE MORTIMER

Un impensable aveu

collection Azur

éditions Harlequin

Cet ouvrage a été publié en langue anglaise
sous le titre :
THE INFAMOUS ITALIAN'S SECRET BABY

Traduction française de
CATHERINE BENAZERAF

HARLEQUIN®

est une marque déposée du Groupe Harlequin
et Azur ® est une marque déposée d'Harlequin S.A.

83-85, boulevard Vincent-Auriol, 75646 PARIS CEDEX 13 — Tél. : 01 42 16 63 63

Service Lectrices — Tél. : 01 45 82 47 47

www.harlequin.fr

ISBN 978-2-2802-3577-8 — ISSN 0993-4448

Prologue

— Je pense que vous faites erreur. La réception se déroule au bord de la piscine.

Bella s'arrêta net sur le pas de la porte qu'elle venait de pousser.

A en croire les rangées de livres qui couvraient chaque mur, la pièce devait être un cabinet de travail.

Dans la pénombre, elle finit par discerner une impressionnante carrure derrière un bureau.

L'homme était parfaitement immobile. Cette impassibilité lui conférait d'ailleurs quelque chose de presque inquiétant — tout autant que le ton péremptoire sur lequel il avait lancé sa remarque.

La lumière du hall, derrière elle, permit à Bella de distinguer une masse de cheveux sombres tombant sur de larges épaules et un torse puissant étroitement moulé par un pull-over noir.

Je suis désolée, s'excusa-t-elle d'une voix étranglée. Je cherchais la salle de bains.

— Eh bien, comme vous pouvez le constater, vous avez ouvert la mauvaise porte.

Il y avait cette fois une pointe d'amusement dans la voix aux accents étrangers.

L'inconnu sembla se détendre. Il s'adossa à son fauteuil, tout en détaillant du regard la silhouette de Bella qui se découpait dans l'encadrement de la porte.

— Peut-être n'y voyez-vous pas grand-chose ? reprit-il.

Elle fronça les sourcils. Cette voix rauque ne lui était pas complètement étrangère. Mais, avant même qu'elle ait le temps de chercher à qui elle pouvait bien appartenir, une chaude lumière inonda la table de travail.

Elle reconnut instantanément celui qui y était assis et sentit aussitôt son cœur s'emballer.

Gabriel Danti !

Le célèbre pilote italien de Formule 1, connu dans le monde entier pour ses exploits sur les circuits, était également la coqueluche des milieux fortunés de la planète. Sa popularité tenait autant à sa réussite sportive qu'à sa situation de fils unique — et seul héritier — de Cristo Danti, détenteur de vastes domaines viticoles en Italie et en Californie.

Mais elle était également due à sa légendaire beauté, qui faisait fantasmer des millions de femmes.

Effectivement, l'homme était superbe…

De hautes pommettes et un nez droit conféraient une apparence aristocratique à son visage hâlé, encadré de boucles brunes, où brillaient des pupilles presque noires. Sa bouche, aux lèvres pleines et sensuelles, adoucissait un peu l'effet produit par un menton ferme et volontaire, creusé d'une fossette qui lui donnait quelque chose d'enfantin.

Bella se morigéna mentalement : comment avait-elle pu oublier que la réception était donnée dans la propriété que le champion possédait dans le sud-est de l'Angleterre ?

Que faisait-il donc ainsi, seul dans le noir, tandis que ses hôtes s'amusaient bruyamment ?

Elle humecta ses lèvres soudain devenues sèches.

— Je suis désolée de vous avoir dérangé, dit-elle d'un air gêné, mais je cherchais *vraiment* la salle de bains.

Elle se maudit de n'avoir qu'une aussi piètre explication à fournir à son hôte.

Gabriel laissa errer un regard nonchalant sur la jeune femme qui avait fait irruption dans son bureau.

Petite et gracile, elle n'avait rien de commun avec les top models à la blondeur éthérée et aux jambes interminables qu'il aimait avoir à son bras. Son physique était également très différent de celui de la perfide Janine !

L'intruse arborait une longue crinière d'un noir d'ébène, dont les mèches soyeuses retombaient librement sur ses épaules. Une frange lisse dissimulait son front.

Quant à son petit visage ovale, il avait la pâleur de l'albâtre, éclairé par deux yeux d'un violet d'une intensité telle que Gabriel n'en avait jamais vue. Une bouche à la moue involontairement sensuelle complétait ce charmant tableau.

Un jean enserrait étroitement ses hanches bien dessinées et ses jambes minces. Le décolleté de son corsage de laine fine — assorti à ses prunelles — laissait entrevoir la parfaite rondeur d'une poitrine ferme, qui faisait paraître sa taille encore plus étroite. Gabriel remarqua non sans intérêt qu'elle ne portait pas de soutien-gorge.

C'était bien la première fois qu'il rencontrait cette ravissante personne. Il ne demandait pas mieux, d'ailleurs, que de faire plus ample connaissance !

Lorsque, de son allure féline, Gabriel Danti se leva pour s'avancer vers elle, Bella ne put s'empêcher de reculer d'un pas.

Comme elle l'avait deviné avant qu'il allume la lumière, son pull noir épousait un torse à la musculature parfaite. Les manches, relevées jusqu'au coude, révélaient ses avant-bras vigoureux parsemés d'une toison brune.

Il la dominait de plus d'une tête, et sa présence imposante la laissa clouée sur place.

A l'instant où il vint se planter à quelques centimètres

d'elle, les échos de la bruyante réception parurent s'estomper dans le lointain.

Comme étourdie, incapable de détacher son regard de la ténébreuse beauté du visage penché vers elle, Bella songea qu'elle s'était méprise : Gabriel n'était pas seulement beau, il était sublime.

Eblouissant !

La tête lui tourna lorsque parvinrent à ses narines les effluves capiteux de son eau de toilette, mêlés à son odeur virile.

Soudain, du tréfonds d'elle-même, surgit l'impérieux — et fort inopportun… — désir de plaquer son corps contre le sien.

Il était si près que, pour y résister, elle n'eut d'autre solution que de poser la main sur ses pectoraux, qu'elle sentit jouer à travers le tissu soyeux.

Sous ses doigts, elle perçut les battements de son cœur.

Elle se demanda avec effroi ce qui lui arrivait… C'était bien la première fois qu'un homme la mettait dans un tel état !

Il fallait absolument qu'elle…

Ses pensées se brouillèrent subitement : Gabriel Danti avait pris son menton entre ses longs doigts fins, et promenait négligemment son pouce le long de sa lèvre inférieure.

Bella sentit une onde de chaleur faire naître une douce moiteur au cœur de sa féminité.

Deux pupilles sombres se vrillèrent aux siennes.

— Vous avez les yeux les plus extraordinaires que j'aie jamais vus.

Il avait dit cela dans un souffle, de sa belle voix grave, comme s'il craignait de rompre le charme qui était né entre eux.

— Vous aussi, murmura-t-elle, en respirant avec peine.

Il eut un rire de gorge, dont Bella sentit les vibrations jusqu'au bout de ses doigts.

Elle vit son regard s'assombrir.

— Etes-vous venue accompagnée ?

Bella cilla rapidement. Il lui était bien difficile de rassembler ses idées face à un tel assaut de séduction. D'un air gêné, elle secoua la tête.

— Je suis avec un groupe d'amis et… Sean. C'est le neveu de l'un de vos mécaniciens, monsieur Danti.

Gabriel ne s'étonna pas d'être connu de cette jeune beauté : des portraits de lui s'étalaient régulièrement à la une des magazines.

— Est-ce que Sean est votre petit ami ?

Il avait posé cette question d'un ton légèrement agacé.

— Mon Dieu, non, se défendit Bella avec un large sourire.

Elle secoua légèrement la tête, et ses longs cheveux vinrent caresser la naissance de sa poitrine.

— Nous ne sommes que des camarades d'université, enchaîna-t-elle. J'espère que cela ne vous ennuie pas que Sean ait amené quelques amis avec lui, monsieur Danti ? Son oncle avait dit que…

— Ça ne me dérange pas du tout, l'interrompit-il. Mais appelez-moi Gabriel.

Bella rougit, et ses pupilles prirent des reflets améthyste.

— Je m'appelle Isabella, dit-elle. Mais pour tous mes copains, je suis simplement Bella.

Gabriel eut un demi-sourire gourmand. Cette jeune femme était bien trop fascinante pour qu'il accepte de ne figurer qu'au nombre de ses « copains ».

— Vous êtes italienne ? s'enquit-il.

— Non. Mon père était un admirateur inconditionnel d'une actrice italienne, et…

Bella s'interrompit. Elle n'allait quand même pas raconter sa vie à Gabriel Danti ! Mais, à lui caresser négligemment la ligne de la mâchoire, il la mettait dans un état qui lui faisait perdre tout son bon sens.

— Vous avez dit que vous étiez étudiante ? reprit-il.

— Je l'étais, répondit Bella, avec une pointe de regret. En histoire de l'art.

Elle haussa ses frêles épaules et, de nouveau, Gabriel eut la charmante vision de la vallée qui séparait les deux globes de son appétissante poitrine.

Pour autant qu'il se rappelle, il ne lui était jamais arrivé d'être ainsi attiré par une femme dès le premier contact.

La manière dont elle l'avait détaillé de la tête aux pieds, quelques instants plus tôt, avait enflammé ses sens. Il s'était soudain senti submergé par un irrépressible désir de serrer contre lui ce corps souple aux courbes voluptueuses.

Bella laissa échapper un petit rire nerveux en voyant s'assombrir les pupilles du bel Italien.

— Excusez-moi, dit-elle, je crois que je vais me remettre en quête de la salle de bains…

Gabriel accentua la pression de ses doigts sur son menton, d'un geste possessif.

— C'est la porte à côté, l'informa-t-il. En vous attendant, je pourrais peut-être aller chercher une bouteille de champagne, qu'en dites-vous ? Nous pourrions ensuite poursuivre cette conversation d'une manière plus agréable.

Quelle conversation ? s'interrogea Bella *in petto*. Gabriel Danti avait-il la moindre intention de l'entendre évoquer ses études ou sa vie de famille ? Compte tenu de sa réputation, c'était fort peu probable…

— Ne devriez-vous pas rejoindre vos invités ? biaisa-t-elle.

Gabriel Danti eut un petit rire malicieux.

— A entendre le bruit qu'ils font, il ne semble pas que je leur manque beaucoup.

De fait, le vacarme provenant de la piscine n'avait cessé de s'amplifier.

C'était d'ailleurs lorsqu'elle avait senti que la réception prenait un tour plus… déluré, qui ne lui convenait guère, que Bella avait préféré s'éclipser. Elle avait beau ne pas être spécialement prude, certains comportements ne laissaient pas de l'étonner. Surtout lorsqu'ils étaient le fait de gens censés être des membres respectables de la bonne société.

Gabriel lui lâcha le menton et plaça la main au creux de ses reins.

— Quel type de champagne aimez-vous ? Le rosé ? Le brut ?

— Rosé, cela m'ira parfaitement.

Bella se retint d'avouer que, en matière de vins, le seul critère qui ait jamais orienté ses choix était le prix de la bouteille.

C'était à n'y rien comprendre. Comment un homme pour lequel certaines femmes auraient été prêtes à s'entretuer pouvait-il sembler aussi désireux de passer un moment avec elle ?

— Vous êtes certain de ne pas vouloir rejoindre vos invités ? insista-t-elle.

Tout à fait certain. Mais vous ? N'aimeriez-vous pas mieux retrouver vos amis ?

En voyant le désir incandescent briller dans le regard de Gabriel — désir qu'il ne cherchait même pas à dissimuler —, Bella dut faire un effort pour déglutir avant de répondre.

— Non, je…

Sa voix lui parut exagérément haut perchée ; elle s'interrompit pour s'éclaircir la gorge.

— Non, reprit-elle. Je crois que je préfère partager une coupe de champagne avec vous.

Un éclair de satisfaction passa dans les beaux yeux sombres de Gabriel. Il enserra alors le visage de Bella entre ses deux mains puis, très lentement, il s'inclina vers elle.

La caresse d'abord légère, puis de plus en plus insistante, de sa langue semblait demander la permission ; lorsque Bella entrouvrit les lèvres, la lui accordant implicitement, il s'empara de sa bouche avec une avidité fiévreuse, laissant échapper un gémissement impatient.

Sous la pression de son brûlant baiser, Bella sentit une onde de chaleur l'envahir, qui l'étourdit presque. Elle plaqua ses seins aux pointes durcies de plaisir contre le torse musclé de Gabriel, faisant naître une délicieuse tiédeur au creux de ses reins.

Seigneur, comme elle désirait cet homme ! Jamais elle n'avait ressenti pareille fièvre.

La passion avec laquelle Gabriel dévorait sa bouche, le contact de ses cuisses fermes, tendues contre les siennes, disaient assez à Bella qu'il partageait la même urgence.

Gabriel n'avait jamais connu douceur aussi enivrante que celle des lèvres de cette inconnue, qui répondait fougueusement à ses baisers. Il laissa ses mains descendre le long de ses hanches, puis les referma sur ses fesses pour la plaquer contre lui. Son sexe durci se pressa contre le ventre plat de la jeune femme.

Avant de ne plus répondre de ses actes, Gabriel s'écarta très légèrement et observa le visage de Bella levé vers lui.

L'incroyable couleur violette de ses yeux avait pris une nuance tellement sombre qu'il était presque impossible d'en distinguer l'iris. Ses joues empourprées, ses lèvres gonflées des baisers qu'ils venaient d'échanger, la rendaient encore plus désirable. A travers le cashmere de son pull, il sentait palpiter sa poitrine gorgée de désir.

— Allez-y, dit-il, sinon je ne réponds plus de rien. Je serais capable de vous faire l'amour ici même, dans le couloir.

Il la prit par les épaules et la fit pivoter en direction de la salle de bains.

— Je serai de retour dans deux minutes avec le champagne, ajouta-t-il.

Encore étourdie, ne sachant plus très bien où elle en était, Bella ferma la porte de la salle de bains derrière elle et s'y adossa.

A vingt et un ans, elle avait eu plusieurs petits amis, mais aucun ne l'avait jamais embrassée avec cette ardeur irrésistible.

Elle se redressa pour s'observer dans le miroir.

Les joues en feu, la bouche entrouverte, les yeux brillants, les seins durs et gonflés, elle ne pouvait se mentir sur la puissance de ce qu'elle venait de vivre.

Si elle avait encore une once de sens commun, il était grand temps qu'elle parte. Mais pour cela il faudrait qu'elle soit capable de faire preuve de volonté.

Or, elle avait beau s'exhorter à la raison, elle savait pertinemment qu'elle ne saurait résister à l'envie de retourner se lover dans les bras de Gabriel Danti…

Sur le canapé du salon, loin du vacarme de la réception, Bella tendit sa coupe à Gabriel, assis à ses côtés, pour qu'il la remplisse de nouveau du délicieux et pétillant breuvage. Elle nota alors qu'il n'avait presque pas touché à la sienne.

— Vous ne buvez pas ? s'enquit-elle en s'efforçant de dissimuler le tremblement de sa main tandis qu'elle prenait une gorgée.

Gabriel étendit le bras sur le dossier du siège, et laissa sa main jouer dans ses boucles brunes, la faisant frémir des pieds à la tête.

— Non, répondit-il, je participe à des essais demain.

Bella écarquilla les yeux.

— Vous n'auriez pas dû ouvrir une bouteille pour moi seule ! protesta-t-elle.

— Mais ce n'était pas pour vous seule, la rassura-t-il.

Il trempa l'index dans la coupe qu'elle tenait, puis le passa négligemment derrière son oreille et le long de sa mâchoire. Les yeux mi-clos, le cœur battant, Bella se laissa faire.

— Que je ne puisse pas boire de champagne avant une course ne signifie nullement que je n'en apprécie pas la saveur, Bella, murmura-t-il, avant de suivre la trace laissée par son doigt de la pointe de la langue.

Eût-il bu la bouteille entière que Gabriel n'aurait éprouvé griserie pareille à celle ressentie en goûtant sa douce saveur sur la peau de Bella.

Le feu qui couvait dans son bas-ventre devint brasier, et il ressentit brusquement le besoin incoercible de promener ses mains sur les parties les plus secrètes du corps parfait de la jeune femme.

Sans lâcher son regard améthyste, Gabriel humecta de nouveau son index de champagne, puis déposa une traînée humide de la pointe de son menton à son cou gracile, puis jusqu'aux renflements que laissait apparaître le décolleté de Bella. Ses lèvres ne tardèrent pas à suivre le même chemin.

Elle tressaillit et laissa échapper un petit soupir, tandis que sa bouche s'attardait sur ses seins.

— Gabriel…

— Laisse-moi faire, insista-t-il d'une voix rauque. Laisse-moi faire couler le champagne sur ta peau nue, et le boire sur ton corps.

Il prit de nouveau le visage de son invitée entre ses mains et caressa ses lèvres avec son pouce.

A l'instant même où Gabriel l'avait prise par la main pour gravir avec elle l'escalier menant à ses appartements privés, Bella avait parfaitement su à quoi s'attendre.

Et avait accepté les règles du jeu sans hésitation.

La perspective de voir Gabriel lécher de sa langue experte jusqu'à la dernière goutte de champagne sur son corps acheva de l'embraser tout entière.

Soudain, elle se sentait à l'étroit dans ses vêtements ajustés.

— D'accord, si tu me permets d'en faire autant, répliqua-t-elle.

Elle trempa à son tour un doigt dans le liquide rosé, avant de le passer sur les lèvres sensuelles de Gabriel.

— Alors ? murmura-t-elle, vrillant son regard à celui de Gabriel, sa bouche entrouverte à quelques centimètres à peine de la sienne.

— Je t'en prie, répondit-il dans un souffle.

Lorsqu'elle captura très tendrement entre les siennes la lèvre supérieure de Gabriel, puis y passa la langue pour goûter l'enivrante saveur laissée par le vin, Bella sentit qu'il retenait sa respiration.

La main qu'il avait glissée dans sa chevelure se contracta, et elle sut que les caresses qu'elle lui prodiguait le mettaient, lui aussi, au comble de l'excitation.

Gabriel sentait tous ses muscles se tendre à l'extrême au fur à mesure que Bella poursuivait sa troublante exploration.

Parviendrait-il à attendre qu'ils aient gagné sa chambre pour dépouiller Bella de ses vêtements et la prendre sans plus de ménagements ?

D'un geste brusque, il se recula, puis bondit sur ses pieds.

— Viens, dit-il en lui tendant la main, tandis qu'elle lui jetait un regard intrigué.

Sans détacher ses yeux de ceux de Bella, il reçut dans la sienne sa main fine. Lorsqu'elle se leva avec grâce, il vit le mouvement de ses seins ravissants sous la fine étoffe de laine.

Elle était si svelte, si délicate, si infiniment désirable ! Il y avait en elle quelque chose d'indomptable. Gabriel sentit la puissance de son désir lui vriller l'estomac.

Sans échanger un mot, sans se lâcher la main, ils gagnèrent sa chambre.

— Non, s'il te plaît, protesta faiblement Bella lorsque Gabriel tendit le bras vers la lampe de chevet.

Elle eut un instant d'hésitation devant le lit à baldaquin tendu de brocart doré.

Tout cela était pure folie !

Mais une folie si délicieuse…

Debout à côté d'elle, Gabriel ne la touchait même pas, mais la seule proximité de son corps, la chaleur qui en émanait, suffisaient à lui faire tourner la tête.

— Je veux te voir quand je te ferai l'amour, Bella, insista-t-il d'une voix sourde. Tu veux bien ? Si cela doit te mettre à l'aise, je vais me déshabiller le premier.

Bella déglutit difficilement. Seigneur… Mais en cet instant, désirait-elle autre chose que de le contempler dans toute la splendeur de son insolente nudité ?

La pièce fut soudain baignée dans la douce lumière blonde de la lampe.

— D'accord, acquiesça-t-elle dans un souffle.

Lorsqu'il passa son pull par-dessus sa tête, elle prit de plein fouet la musculature parfaite de son torse, qu'ombrait une toison brune descendant en pointe vers le nombril, pour se perdre ensuite sous la ceinture de son pantalon. Mue par une impulsion subite, Bella ne put résister à l'envie de poser ses mains sur son corps cuivré. Il s'en dégageait une chaleur fiévreuse. Les muscles de Gabriel jouaient sous sa peau tandis qu'elle laissait errer ses doigts jusqu'à ses épaules, sur ses abdominaux, frôlant ensuite ses tétons raidis.

Il était aussi beau que l'archange dont il portait le nom.

D'une beauté sauvage, fascinante.

Dans son visage délicatement ciselé, ses yeux brillaient d'une lueur intense.

Mais cela ne suffisait pas à Bella : elle voulait tout voir de lui. D'une main tremblante, elle défit sa ceinture, puis descendit lentement la fermeture à glissière de son pantalon. Lorsque ses doigts effleurèrent son sexe dressé sous le caleçon noir, elle entendit Gabriel retenir sa respiration.

Il emprisonna alors sa main dans la sienne et la plaqua contre l'évidence de son désir.

— Tu sens comme j'ai envie de toi, Bella, dit-il d'un ton farouche.

Elle leva son visage vers lui. Une flamme dévorante et jumelle brûlait dans leurs regards.

Jamais Bella n'avait été aussi sûre d'elle qu'en cet instant où, lentement, d'une main ferme, elle dégageait le sexe de Gabriel du sous-vêtement qui l'emprisonnait.

Elle s'émerveilla de le sentir si dur sous ses doigts lorsqu'elle les referma sur la puissance de son érection. Elle entreprit de l'agacer d'un presque imperceptible mouvement de va-et-vient.

Gabriel ferma les yeux. Mâchoires serrées, il se demanda combien de temps encore il allait pouvoir résister au plaisir inouï que lui procuraient les caresses de Bella.

Il voulait la soumettre au même délicieux supplice.

Se reculant, il agrippa le pull-over de Bella et le lui ôta d'un geste précis, avant de l'envoyer rejoindre le tas de vêtements à leurs pieds.

Le souffle coupé, il demeura interdit devant la splendeur de ses seins ronds et fermes, aux aréoles d'un délicat rose foncé, et par la finesse de sa taille, dont il aurait presque pu faire le tour de ses deux mains.

Il sentit Bella partir d'un long frisson lorsqu'il embrassa ses seins fièrement dressés ; elle gémit quand il en captura une pointe dressée entre ses lèvres avides.

Sous les caresses enivrantes que lui prodiguait Gabriel, Bella avait l'impression de n'être plus qu'une marionnette dépourvue de toute volonté.

Elle noua ses doigts dans l'épaisseur de ses cheveux bruns pour retenir sa tête contre sa poitrine tandis que le plaisir que lui procuraient ses lèvres et sa langue déferlait en elle par vagues successives, faisant naître une sourde excitation dans ses vallées les plus secrètes.

Lorsque Gabriel y appuya sa paume, exerçant une pression délicieuse à l'endroit exact où se concentrait son désir, Bella eut le souffle coupé.

Sans qu'elle sache lequel des deux en avait pris l'initiative, ils ne tardèrent pas à se retrouver nus sur le lit, étroitement enlacés, jambes entremêlées, à s'embrasser avec une passion fiévreuse.

Haletante, elle sentit la main de Gabriel s'immiscer dans ses tendres replis et titiller son bourgeon gonflé de désir.

Les membres arqués, elle souleva ses hanches du lit pour que les doigts de Gabriel pénètrent profondément en elle, et intensifient le rythme de leurs caresses qui, peu à peu, la menèrent à des sommets de jouissance.

Des spasmes et des spasmes d'une volupté inouïe explosèrent en elle ; Bella ne put qu'agiter frénétiquement la tête de droite à gauche en se mordant la lèvre, ses doigts cramponnés au drap, tandis que ses orgasmes successifs semblaient ne devoir jamais finir.

Ce délicieux supplice ne cessa pas, en effet, car

Gabriel vint se placer au-dessus d'elle et, rivant son regard au sien, se glissa très doucement en elle, plongeant progressivement au plus profond de sa chair encore secouée de frissons.

Lentement, il se mit en mouvement, dans un va-et-vient d'abord lent et mesuré, puis de plus en plus fougueux, s'enfonçant de plus en plus loin en elle.

Un râle sourd monta de la gorge de Gabriel quand il amplifia ses assauts, auxquels Bella répondait avec une ardeur renouvelée, surprise de sentir renaître instantanément l'insatiable besoin qui l'avait embrasée quelques instants plus tôt.

Elle ouvrit de grands yeux étonnés quand montèrent en elle de nouvelles ondes de plaisir, d'une intensité telle que cela en devenait presque douloureux.

Gabriel semblait déchiffrer ses émotions sur son visage avec une précision parfaite, et ralentissait la cadence chaque fois qu'elle croyait parvenir aux cimes de la jouissance, poursuivant ce jeu érotique avec un art consommé.

— Je t'en prie…, finit par supplier Bella, dont le corps n'était plus qu'un brasier. Oh, Gabriel, s'il te plaît…

Sans la quitter du regard, il se redressa sur ses avant-bras, et accéléra le rythme, donnant à chaque coup de reins un élan de plus en plus intense.

Lorsque Bella jouit de nouveau, il perdit le contrôle de lui-même et bascula avec elle dans un précipice mystérieux. Les yeux fermés, il explosa en elle dans un ultime et bouleversant spasme de plaisir.

Il se laissa tomber sur la poitrine de Bella, secoué de violents et interminables frissons.

Lorsque, épuisés, ils sombrèrent dans un profond sommeil, leurs deux corps étaient toujours unis.

*
* *

— C'est l'heure, Bella !

Elle était réveillée depuis plusieurs minutes déjà, les yeux clos cependant, s'efforçant de réaliser qu'elle avait bel et bien passé la nuit avec Gabriel Danti.

Petit à petit, la soirée précédente lui revenait à l'esprit.

Comme ce moment, dans la nuit, où elle avait émergé du sommeil pour se rendre compte que Gabriel lui faisait une nouvelle fois l'amour, avec une tendresse attentive.

Cette deuxième fois avait été encore plus fabuleuse que la première, pourtant déjà inoubliable !

Quand elle s'était éveillée, seule dans le grand lit à baldaquin, le bruit de la douche, en provenance de la salle de bains voisine, lui avait indiqué où se trouvait Gabriel. Bella n'avait pu alors s'empêcher d'éprouver plus d'appréhension que de bonheur.

La nuit dernière, elle avait fait l'amour avec Gabriel Danti, champion automobile, héritier d'un empire commercial et viticole, play-boy à la réputation légendaire… Elle, Isabella Scott, titulaire d'un diplôme d'histoire de l'art, fille aînée d'un médecin de campagne britannique !

De plus, elle n'ignorait pas que son physique était bien loin de ressembler à celui des longues lianes blondes que Gabriel Danti avait coutume d'exhiber dans les soirées les plus jet-set de la planète. Dernièrement, les magazines ne l'avaient-ils pas montré au bras de l'une de ces beautés, la top model Janine Childe ?

Il était évident que Gabriel et elle n'avaient rien de commun !

Hormis dans un lit…

Dans la pâle lumière du petit matin, Bella se sentit rougir jusqu'à la racine des cheveux alors que lui revenaient à l'esprit tous les moments de cette nuit d'amour.

Certes, il eût été préférable qu'elle réfléchisse à tout ce qui la séparait de Gabriel avant d'accepter de partager son lit !

Ce qu'elle aurait fait, sans le moindre doute, si elle n'avait pas été à ce point envoûtée par le charme latin de ce ténébreux séducteur.

Si elle n'avait pas été esclave de son incroyable beauté…

— Bella ? appela de nouveau Gabriel. Réveille-toi, *cara*, que je puisse te dire au revoir.

Au revoir ?

Bella ouvrit grand les yeux et se tourna vers Gabriel, qui s'était assis sur le bord du lit. Heureusement, le drap dissimulait sa nudité. Car lui était vêtu d'un polo noir et d'un jean taille basse qui le rendaient particulièrement séduisant.

Gabriel ne put retenir un sourire amusé en voyant qu'elle resserrait le drap autour de son corps mince pour dissimuler ses formes sensuelles.

Comme elle était belle !

Et si réceptive à ses caresses…

Le souvenir du mélange de lascivité et de candeur avec lequel elle s'était abandonnée la veille, et de nouveau au cours de la nuit, suffit à éveiller sa virilité.

Tendant la main vers elle, il écarta les cheveux de son visage et se pencha pour l'embrasser, avec autant de douceur et de tendresse que possible.

— Il faut vraiment que j'y aille, Bella, sinon je vais être en retard à Silverstone, murmura-t-il d'une voix rauque. Mais je t'appellerai plus tard, d'accord ?

— D'accord, répondit-elle dans un souffle.

Gabriel se leva à contrecœur.

Savoir Bella nue sous le drap était une tentation à laquelle il lui fallait s'arracher, car les minutes passaient.

— Ma gouvernante t'appellera un taxi quand tu seras prête.

Il avait dit cela d'un ton rendu dur par l'effort qu'il faisait pour résister à l'envie de rester auprès d'elle, en envoyant au diable la séance d'essais pour laquelle il était attendu.

— Puisque je ne peux pas te raccompagner moi-même, j'ai laissé de l'argent sur la table pour le taxi, enchaîna-t-il d'une voix qu'il s'efforça de rendre plus affable.

— Ce n'est pas la peine, répondit Bella en fronçant les sourcils.

— Tout va bien… ?

Gabriel darda sur elle un regard scrutateur, sans parvenir à déchiffrer ce qui se cachait derrière l'apparente sérénité de ces yeux améthyste.

— Oui, tout va bien, Gabriel.

Bien qu'elle eût le cœur lourd de le voir partir si rapidement, Bella avait réussi à mettre suffisamment de légèreté dans sa voix.

— Je t'appelle ce soir, répéta-t-il d'un air décidé.

Il s'inclina vers elle une nouvelle fois pour déposer un rapide baiser sur ses lèvres.

Puis il se dirigea vers la porte et se tourna vers l'exquise jeune femme, la main sur la poignée.

— Prends ton temps, ajouta-t-il. Rien ne te presse.

1.

Cinq ans plus tard…

— Je dois avouer que cette réception est vraiment réussie ! s'exclama Claudia. Mon Dieu, mais… c'est incroyable !

— Qu'est-ce qui est incroyable, cette fois ? demanda Bella à sa sœur, qui demeurait bouche bée.

Depuis que toute la famille était arrivée à San Francisco, deux jours plus tôt, la cadette de Bella n'avait cessé de s'ébahir devant les merveilles dont regorgeait la ville.

Certes, la vue était spectaculaire depuis les salons de réception, au sommet de l'un des plus prestigieux hôtels de la baie. Mais le regard de Claudia n'était pas tourné vers l'extérieur.

Elle semblait comme hypnotisée par un groupe, à l'autre bout de la salle où se déroulait la rencontre des deux familles dont les destins allaient être unis le lendemain. En effet, leur cousin Brian allait épouser sa fiancée américaine, Dahlia Fabrizzi.

— Ça ne peut pas être *lui*, poursuivit Claudia en fronçant les sourcils. Je sais bien que la mère de Dahlia a des relations, comme ne cesse de le répéter tante Gloria, mais quand même…

— Claudia, vas-tu cesser de jacasser, et me dire ce qui…

Bella s'interrompit brusquement. Elle venait de se retourner pour essayer de voir qui pouvait bien captiver ainsi sa sœur.

Au premier coup d'œil, elle l'avait reconnu.

Cinq ans avaient beau s'être écoulés depuis leur unique rencontre, le souvenir de Gabriel Danti ne s'était jamais effacé de sa mémoire.

Mais comment était-il possible qu'il soit là ? Ce ne pouvait être qu'une illusion. Ou plutôt un cauchemar !

— Mais oui, s'exclama Claudia au comble de l'excitation, en se cramponnant au bras de son aînée, c'est Gabriel Danti, Bella !

Elle réprima un soupir désespéré et entreprit, l'estomac noué, d'observer l'homme plus attentivement. Peut-être Claudia et elle s'étaient-elles trompées, après tout. Que n'aurait-elle donné pour que ce ne soit pas lui…

Il avait bien la même imposante stature que Gabriel. Ses cheveux bruns étaient plus courts que dans le souvenir de Bella. Malgré les sourires qu'il adressait poliment à ceux qui lui étaient présentés, il n'y avait dans son regard qu'une froideur distante. Le dessin de ses lèvres fermes était toujours aussi parfait, et la même fossette barrait son menton volontaire. Mais une cicatrice, qui allait du coin de son œil gauche à sa mâchoire, altérait la sculpturale beauté de ses traits.

Aucun doute possible…

Elle avait vu des photos de Gabriel, le profil gauche marqué de cette cicatrice, lorsqu'il était sorti de l'hôpital, trois mois après l'épouvantable accident qui avait mis un terme à sa carrière et coûté la vie à deux pilotes.

Cet accident, qui avait eu lieu le lendemain même de…

Bella secoua doucement la tête, abasourdie. Encore quelques mois plus tard, elle avait lu dans la presse qu'il était retourné en Italie, pour se consacrer au développement de ses vignobles. Ses apparitions en public étaient devenues très rares, et il semblait qu'il eût définitivement renoncé aux habitudes de play-boy qu'il avait tant affectionnées avant le drame.

— Tu te rappelles, quand j'étais ado ? s'esclaffa Claudia. J'avais recouvert les murs de ma chambre de posters de lui.

Oh oui ! Bella s'en souvenait parfaitement… Après cette fameuse nuit, cinq ans plus tôt, ces affiches lui avaient donné le frisson chaque fois qu'elle rentrait dans la chambre de sa sœur. Quel n'avait pas été son soulagement lorsqu'elles avaient été remplacées par les photos d'un acteur hollywoodien !

— Tu ne trouves pas qu'il est superbe ? insista Claudia, en laissant échapper un soupir rêveur.

— Oui, très séduisant…, marmonna Bella sans conviction.

A l'autre bout de la pièce, Gabriel bavardait avec leur oncle Simon. Le dépassant d'une bonne tête, il était obligé de s'incliner pour l'entendre.

Il parut à Bella particulièrement sombre.

Et absolument fascinant.

Dans son smoking à la coupe irréprochable, agrémenté d'une chemise immaculée et d'un nœud papillon noir, il affichait une élégance décontractée — pas du tout l'allure de quelqu'un qui aurait échappé de peu à la mort.

Si Bella avait encore eu le moindre doute quant à son identité, la façon dont il semblait envoûter toutes les femmes de l'assistance l'aurait levé…

— Il a les cheveux plus courts qu'autrefois, constata Claudia. Oh, regarde, il traîne un peu la jambe gauche…

Elle couva d'un regard attendri l'homme que leur cousin Brian promenait de groupe en groupe.

— Oui, murmura Bella en fronçant les sourcils, ses jambes ont été broyées dans l'accident qu'il a eu il y a cinq ans.

— C'est curieux, Bella, murmura Claudia d'un air songeur. il me rappelle quelqu'un…

— Un coureur automobile dont tu t'étais entichée, je suppose !

Comme si elle émergeait enfin d'un épais brouillard, Bella dévisagea sa cadette. De la même taille qu'elle, et tout aussi brune, elle s'en différenciait par une coupe de cheveux très courte. Son fourreau bleu, près du corps, s'accordait parfaitement avec la couleur de ses yeux. Bella se ressaisit et prit fermement Claudia par le bras pour l'entraîner vers le bar.

— Viens, dit-elle, allons boire une coupe de champagne.

— Tu n'es pas curieuse de savoir si c'est vraiment lui ?

— Pas le moins du monde, répliqua Bella d'un ton sans appel, en s'installant à l'extrémité du bar le plus éloignée possible du petit attroupement de curieux rassemblés autour de Gabriel Danti.

Claudia eut un petit rire amusé.

— Ma grande sœur et sa haine des hommes ! lança-t-elle d'un ton moqueur.

Bella haussa les sourcils.

— Je ne hais pas tous les hommes. Seulement ceux qui ont dépassé l'âge de la puberté.

— C'est ce que je dis, acquiesça Claudia. Je me demande si je ne devrais pas aller saluer Brian pour qu'il me présente à ce bel… Oh, c'est inutile ! Si je ne m'abuse, notre cher cousin est justement sur le point de nous amener son hôte de marque !

Horrifiée, Bella songea un instant à prendre la fuite, tant pis pour Brian ! Elle trouverait une excuse plus tard. La perspective de parler à Gabriel était au-dessus de ses forces.

— Et enfin, entendit-elle Brian dire dans son dos, je tenais à ce que vous rencontriez les deux plus belles femmes de cette assemblée, hormis Dahlia, bien sûr. Bella, Claudia, voici Gabriel Danti, un cousin de Dahlia. Gabriel, voici mes cousines, Isabella et Claudia Scott.

Le souffle coupé, l'esprit vide, les jambes en coton, Bella eut l'impression que toutes ses fonctions vitales étaient en état de mort clinique.

Heureusement, Claudia avait entrepris avec enthousiasme de raconter à Gabriel combien passionnément elle avait suivi toute sa carrière. Cela lui permit de reprendre un peu ses esprits.

Elle essaya désespérément de se convaincre qu'il ne se souvenait pas d'elle. N'était-ce pas le plus probable ? Pourquoi aurait-il gardé le souvenir de la jeune étudiante avec laquelle il n'avait passé qu'une nuit, cinq ans auparavant ?

D'ailleurs, le fait qu'il ne l'ait jamais rappelée n'était-il pas la preuve absolue qu'il l'avait oubliée sur-le-champ ?

— Bella ?

La voix douce de Brian l'obligeait à faire face aux deux hommes à qui elle tournait obstinément le dos.

Elle prit une profonde inspiration.

Avait-elle un autre choix qu'affronter celui qu'elle avait tant espéré chasser de son esprit ?

Gabriel garda une expression d'indifférence polie tandis qu'Isabella Scott se tournait vers lui.

— Miss Scott, la salua-t-il d'une voix posée, tout en serrant brièvement sa petite main froide. Mais je peux peut-être vous appeler Isabella ?

— Je…

— Tout le monde l'appelle Bella, s'empressa de préciser Claudia.

— Puis-je en faire autant ?

Gabriel plongea un regard glacial dans les profondeurs violettes, bordées d'une frange d'épais cils noirs, des yeux de Bella.

Sans doute pour échapper à l'intensité de son regard, sa proie fixa un point à l'autre extrémité de la pièce.

— Comme vous le voulez, répondit-elle d'un ton neutre en haussant les épaules.

Dans cette robe bustier, elle était d'une incroyable beauté. Elle faisait également preuve de la plus parfaite maîtrise d'elle-même. Et, s'il ne s'y trompait pas, il y avait comme un défi dans son petit menton pointé vers lui, ainsi que dans son regard lorsqu'elle affronta de nouveau le sien.

— Si vous voulez bien m'excuser, murmura Brian d'un air contrit, je me dois à mes invités. Gabriel, je suis sûr que Bella et Claudia seront ravies de vous distraire.

Avec un coup d'œil complice à la plus jeune de ses cousines, il s'éloigna pour rejoindre sa fiancée.

Les paupières à demi baissées, Gabriel posa sur Bella un regard lourd.

— L'êtes-vous ?

— Quoi donc ?

— Ravie de me distraire.

La pointe de moquerie dans sa voix traînante fit naître des éclairs dans les yeux mauves qui le bravaient.

— En avez-vous vraiment besoin, monsieur Danti ?

— A vrai dire, je ne pense pas m'attarder suffisamment pour que cela soit nécessaire.

S'il n'y avait pas été contraint, Gabriel se serait volontiers dispensé d'apparaître à cette soirée. Mais son père lui avait demandé de le remplacer, arguant du fait qu'il ne se sentait pas suffisamment bien pour assister aux festivités prévues pour le mariage de sa nièce.

Gabriel était donc venu avec la ferme intention de ne rester que juste assez longtemps pour ne pas être inconvenant, ni froisser sa cousine. La présence de Bella bouleversait ses plans…

— Eh bien, répliqua-t-elle, soulagée d'apprendre que Gabriel prévoyait de s'éclipser sans tarder, je ne doute pas que Claudia et moi-même ne soyons en mesure de vous faire la conversation pendant quelques minutes.

Gabriel Danti s'inclina dans une parodie de remerciement, et reporta son attention vers Claudia.

— Appréciez-vous votre visite à San Francisco, Claudia ?

Bella contint un soupir de soulagement. Enfin, elle pouvait échapper à l'emprise de ce regard de braise. Elle en profita pour étudier de plus près l'homme qu'était devenu Gabriel Danti.

Celui qu'elle avait connu avait une beauté sombre et un charme envoûtant tout droit sortis d'une histoire de chevaliers et de princesses, ou d'un récit romantique et tragique.

Il arborait également une assurance nonchalante qui fascinait au premier contact. Quant à son regard d'un brun profond, il irradiait une chaude sensualité qui donnait l'impression aux femmes qu'il les déshabillait sur-le-champ — en ce qui la concernait, ce regard l'avait véritablement poussée à se déshabiller sur-le-champ…

L'homme qui échangeait des banalités polies avec Claudia avait toujours le même charme — la pâle cicatrice qui barrait son profil gauche ne faisait qu'y ajouter une dimension délicieusement inquiétante —, mais il n'y avait plus dans son regard la moindre étincelle de sensualité. Quant à son assurance chaleureuse, elle avait fait place à une froideur arrogante.

Pour autant qu'elle sache, Gabriel ne s'était jamais marié. Encore que Bella ne se soit jamais beaucoup souciée de savoir ce qu'il était advenu de lui au cours de ces cinq années.

A quoi cela lui aurait-il servi, d'ailleurs ?

Tout ce qu'ils avaient jamais partagé, c'était une nuit de passion, si inconcevable qu'elle ne s'était jamais répétée, et ne se répéterait jamais.

— Puis-je vous offrir ce verre ?

Bella leva un regard étonné vers Gabriel qui lui tendait une coupe de champagne.

— Merci, répondit-elle, prenant bien garde que leurs doigts ne se frôlent pas lorsqu'elle la lui prit des mains.

Gabriel eut une moue ironique.

— Est-ce la première fois que vous venez à San Francisco ?

— Oui.

— La ville vous plaît ?

— Beaucoup.

— Vous avez un peu visité ?

— Un peu.

Gabriel plissa les yeux. Décidément, Bella semblait bien décidée à ne pas faire le moindre effort.

— Si vous voulez, je pourrais…

— Excuse-moi, Gabriel, l'interrompit Dahlia en lui posant la main sur le bras, mais je viens t'enlever Claudia. Benito aimerait faire plus ample connaissance avec elle.

Bella sentit son pouls s'affoler. Elle allait se retrouver seule avec Gabriel ! Mais comment aurait-elle pu retenir sa jeune sœur, dont les yeux brillaient d'excitation. Ne lui avait-elle pas confié la veille que le frère aîné de Dahlia était fort à son goût ?

— Soyez rassurée, Claudia, votre sœur sera parfaitement en sécurité avec moi, lança Gabriel d'un ton moqueur, avant même que Bella n'ait le temps de dire quoi que ce soit.

Elle lui lança un coup d'œil intrigué. Se pouvait-il qu'il se souvienne encore d'elle, après tout ce temps ?

Elle préférait qu'il n'en soit rien. Qu'elle-même n'ait rien oublié de leur nuit ensemble était bien suffisant.

Le silence qui s'installa dès que Claudia et Dahlia se furent éloignées lui parut assourdissant. Le salon de réception avait beau résonner du bruit des conversations de la centaine d'invités, elle n'en avait pas moins l'impression que Gabriel et elle étaient tous deux isolés sur une île déserte.

En plein cœur de l'Arctique, probablement ! L'atmosphère entre eux était si glaciale qu'ils auraient très bien pu y avoir été transportés !

— Il y a un petit salon, juste à côté. Nous pourrions nous y asseoir pour parler, proposa Gabriel à brûle-pourpoint.

Bella lui jeta un regard méfiant. Son expression inflexible et son regard sévère n'auguraient rien de bon. Quant à sa bouche, qu'elle avait autrefois trouvée si sensuelle, elle n'était plus qu'une mince ligne étirée par l'amertume. Elle humecta ses lèvres trop sèches.

— Je trouve que nous sommes très bien ici, monsieur Danti, objecta-t-elle.

Les yeux de Gabriel la transpercèrent. Il tendit la main vers elle et referma les doigts sur le haut de son bras.

— Je crois que vous n'avez pas compris, Bella. Ce n'était pas une proposition mais un ordre.

L'air toujours aussi sombre, il entraîna Bella à sa suite, sans lui laisser la possibilité de résister.

— Comment osez-vous…

— Vous voulez vraiment que nous discutions de nos affaires ici, devant les invités de votre cousin ?

Il avait fait halte au milieu du hall et posait sur Bella un regard furibond.

— Je ne vois vraiment pas de quoi vous voulez parler…

— Oh que si, Bella !

Effectivement, elle n'avait aucun doute à ce sujet.

Comme elle n'avait plus le moindre doute sur le fait que Gabriel Danti se souvenait de qui elle était.

2.

— Je ne vois vraiment pas quel sujet nous pourrions avoir à aborder ensemble, monsieur Danti, lança-t-elle crânement.

Ils étaient assis face à face. Entre ses paupières à demi baissées, Gabriel observa le petit visage pâle de Bella, très droite sur son fauteuil.

— Etant donné notre… *relation* passée, si je puis employer ce terme, il me semble que vous pourriez vous dispenser de me donner du « monsieur Danti », surtout sur ce ton supérieur.

Bella haussa les sourcils, espérant manifester ainsi la plus grande perplexité.

— Notre « relation passée »… ?

Gabriel pinça les lèvres.

— Ne jouez pas au plus fin avec moi, Bella.

Elle lui décocha un regard assassin, avant de fixer un point au loin.

— Je n'étais pas certaine que vous vous souveniez de notre rencontre.

— Oh, parfaitement…, marmonna Gabriel.

— Tout comme moi, admit-elle, la gorge serrée.

Il eut un sourire sans joie.

— Vous ne vous attendiez pas à me trouver ici ce soir, n'est-ce pas ?

La pointe de moquerie dans sa voix fit briller un éclair de colère dans les yeux violets de Bella.

— Comment l'aurais-je pu ? Le nom de famille de Dahlia est Fabrizzi.

— Sa mère, Teresa, est la plus jeune sœur de mon père, expliqua-t-il d'un ton neutre.

Bella eut une moue narquoise.

— C'est vraiment gentil à vous d'être venu d'Italie pour le mariage de votre cousine.

Sous le sarcasme, Gabriel se figea.

— Je n'habite plus l'Italie, dit-il. Vous ne le saviez pas ? Je partage mon temps entre nos vignobles dans la campagne californienne et mon appartement de San Francisco.

Bella tiqua. Etait-il possible qu'il ait choisi de venir vivre en Californie pour y retrouver Janine Childe, la top model dont il avait été amoureux autrefois, et qui y était désormais installée ? Peut-être était-il toujours amoureux d'elle, d'ailleurs…

Elle se contraignit à soutenir son regard sans sourciller.

— Que me voulez-vous, Gabriel ?

Il se frotta la joue de la main, perplexe. Il était bien en peine de répondre à cette question. Jusqu'à ce qu'il aperçoive Bella en grande conversation avec la jeune femme dont il avait appris depuis qu'elle était sa sœur, Gabriel s'était efforcé de tout oublier de sa conquête d'une nuit. Mais il lui avait suffi d'un seul coup d'œil pour comprendre qu'il n'y était jamais parvenu…

Isabella Scott était encore plus ravissante que cinq ans auparavant. La maturité n'avait fait qu'ajouter une élégance naturelle à son incroyable beauté. Ses prunelles étaient d'un violet aussi intense que dans son souvenir. Quant à sa crinière d'un noir d'ébène, tombant en cascade jusqu'à ses reins, elle semblait plus épaisse encore, plus soyeuse.

Dans le fourreau pourpre qui épousait à la perfection son corps svelte, sa taille avait gardé la même délicate minceur, et ses seins hauts et fermes pointaient fièrement sous l'étoffe du bustier.

Il pinça les lèvres, en se disant qu'il aurait préféré ne jamais la revoir.

De son côté, Bella ne pouvait pas ignorer à quel point lui-même avait été transformé par les ans. Avant tout, il y avait cette cicatrice, rappel constant du sentiment de culpabilité qui l'habitait. Eprouvait-elle la même répulsion que lui devant la laideur de cette traînée blême sur son profil gauche ?

Que pouvait-il attendre de cette superbe jeune femme ?

— Ce que je vous veux ?... Je n'en sais rien. Qu'avez-vous à offrir ?

— A *vous* offrir ? s'étonna-t-elle. Mais rien du tout !

Le dédain dans sa voix le blessa. Instinctivement, il porta la main à sa joue gauche.

— En cela au moins, il n'y a rien de changé, répliqua-t-il d'un ton acerbe.

Bella se mordit la lèvre, désorientée. Que signifiait ce regard de mépris que Gabriel posait sur elle ? C'était pourtant lui qui avait pris l'initiative de la séduire.

Tout ça, avait-elle compris ensuite, parce que celle qui était le véritable objet de son désir — la somptueuse Janine Childe — venait de le quitter pour son coéquipier, Paulo Descari. Lequel avait d'ailleurs trouvé la mort dans l'affreux accident survenu quelques heures à peine après que Gabriel avait dit au revoir à Bella, après leur nuit d'amour.

Janine Childe n'avait pas manqué de se répandre dans la presse, accusant Gabriel d'avoir volontairement causé cet accident pour se venger de son rival.

Encore aujourd'hui, Bella ne pouvait s'empêcher

de se sentir humiliée à l'idée qu'elle n'avait joué qu'un modeste rôle de remplaçante dans la vie de Gabriel.

Alors comment osait-il la regarder ainsi de haut ?

— J'ai changé, Gabriel, déclara-t-elle.

— En mieux ?

Bella fronça les sourcils.

— Qu'est-ce qui vous permet de…

— Je vois que vous n'êtes pas mariée, l'interrompit Gabriel d'un ton péremptoire, en montrant du doigt sa main gauche vierge de tout anneau.

— Serait-ce là un défaut à vos yeux ? Vous non plus ne semblez pas l'être ! répliqua-t-elle d'un ton offusqué.

Bella se rembrunit. Dire qu'elle s'était tellement réjouie de venir assister au mariage de son cousin ! La seule idée que Gabriel y serait présent transformait à présent cette fête en une épreuve quasi insurmontable.

A laquelle elle ne pouvait cependant se soustraire…

Gabriel s'autorisa un demi-sourire amer. Il lui était tellement aisé de déchiffrer, sur le beau visage expressif de Bella, les émotions qui l'habitaient.

— Vos parents sont ici ? s'enquit-il.

— Oui.

— Et ils ignorent que nous nous sommes déjà rencontrés, je suppose.

Bella le fusilla du regard.

— Evidemment !

— J'imagine qu'ils ne comprendraient pas que nous ayons eu une aventure.

— Comment le pourraient-ils, quand cela reste incompréhensible *même pour moi* ! Cela me ressemble tellement peu !

Un instant Gabriel éprouva un soupçon de compassion en voyant trembler les mains de Bella. Mais n'était-ce pas cette même jeune femme qui l'avait laissé boire sur sa peau soyeuse le champagne qu'il y avait versé ?

Comment pourrait-il alors être ému par le malaise dans lequel la plongeait leur rencontre inattendue ?

Il eut un haussement d'épaules indifférent.

— Nous avons tous des secrets que nous préférons ne pas voir révélés au grand jour. Des épisodes de notre vie dont nous voudrions qu'ils n'eussent jamais existé.

Soudain intriguée, Bella se demanda à quoi il faisait référence ? A son accident ? Aux accusations haineuses de Janine Childe ?

Mais non ! Sa moue dédaigneuse, la dureté de son regard, disaient assez que c'était d'elle dont il parlait.

Ainsi, il eût préféré ne l'avoir jamais connue ?

Elle déglutit avec peine, avant de pouvoir parler.

— Eh bien, nous sommes d'accord. Mieux vaudrait pour tout le monde que nous effacions de notre esprit notre… « relation passée ».

C'était à dessein qu'elle avait repris les termes mêmes employés par Gabriel pour décrire leur nuit de passion.

Le sourire dont il la gratifia tenait plutôt du rictus.

— Si seulement c'était aussi simple, Bella…

En effet. Plus que quiconque, Bella savait qu'il n'en était rien.

Elle se redressa sur son siège et déposa sur la table le verre qu'elle tenait.

— Alors essayons de nous simplifier les choses, suggéra-t-elle. Pourquoi ne pas nous entendre pour nous éviter pendant toute la durée de mon séjour à San Francisco ? Ce ne sera pas long : nous repartons dans trois jours.

Les yeux plissés, Gabriel regarda Bella repousser d'un mouvement de tête sa masse de cheveux jais par-dessus son épaule à la peau laiteuse.

Faisait-elle exprès de mettre ainsi en valeur les rondeurs de sa poitrine, que révélait le corsage de sa robe pourpre ?

A en croire le discours qu'elle venait de lui tenir, c'était fort improbable.

— Accordez-moi juste une danse, murmura-t-il d'une voix rauque, et je me soumettrai peut-être à votre proposition.

Bella ouvrit de grands yeux.

— Vous voulez vraiment que je danse avec vous ?

— Pourquoi pas ? Vous n'entendez pas ? La musique vient de commencer.

— Mais… mais…, bredouilla Bella, soudain très pâle. Pouvez-vous… danser ?

— Ah, vous voulez parler de mon handicap ? répliqua Gabriel d'un ton rogue.

Ainsi donc, sa légère claudication n'était pas passée inaperçue. C'était, avec sa cicatrice, les deux seules disgrâces qu'il lui restait de son épouvantable accident. Les deux seuls signes qu'il était un miraculé…

— Vous m'avez l'air aussi handicapé qu'un prédateur en quête de sa proie, s'indigna Bella.

— Je suis heureux de voir que vous en êtes consciente. Et soyez rassurée : je peux tout à fait danser. A condition que ce soit un slow.

Bella se figea. Un slow ? Autant dire une occasion de la serrer étroitement dans ses bras !

— A vrai dire, j'envisageai d'aller me coucher, avança-t-elle d'un air pincé.

— Est-ce une invitation à vous accompagner ?

— Certainement pas !

Bella avait réussi à ne pas élever la voix, mais elle se sentit rougir ; elle comprit que Gabriel ne devait pas être dupe de ce mouvement de panique.

— Alors, susurra-t-il en haussant les épaules, je vais aller demander à Brian de me présenter à vos parents…

Les yeux de Bella lancèrent des éclairs.

— Vous n'êtes qu'un mufle !

— Evitons les injures, Bella. Tout ce que je vous demande, c'est de m'accorder une danse. Sinon, je parlerai à vos parents. A vous de choisir.

— Mais enfin, pourquoi y tenez-vous autant ?

— Je ne sais pas. Peut-être par pure curiosité ?

Le regard que Gabriel laissa errer sur son visage, puis sur sa poitrine, avait quelque chose d'outrageant. Humiliée, Bella se leva d'un bond, incapable d'en supporter davantage.

— C'est d'accord, acquiesça-t-elle sèchement. Mais après cela, je souhaite que vous ne m'adressiez plus la parole. C'est bien entendu ?

Un sourire railleur aux lèvres, Gabriel se leva avec une nonchalance affectée.

— Nous verrons ce qu'il en est après cette danse.

Lorsqu'il tenta de lui prendre le bras, Bella se dégagea d'un geste brusque, puis marcha à distance respectable pour rejoindre le salon de réception.

Cependant, rien ne lui échappait de Gabriel. Ni la lueur moqueuse qui illuminait son regard sombre, ni le sourire de satisfaction sur ses lèvres redevenues comme par magie sensuelles, ni l'irrésistible fossette à son menton, ni la prestance avec laquelle il parvenait à compenser le handicap que lui avait laissé son accident.

Elle se remémora ce qu'elle avait lu sur la gravité de ses blessures.

A en croire les journaux, il avait les jambes et le bassin broyés lorsqu'on l'avait extrait de la voiture disloquée. De graves brûlures s'étendaient sur une bonne partie de son torse, et il avait de profondes entailles en divers endroits du corps, y compris au visage, où lui était restée cette longue balafre.

Après cette entrevue, Bella trouvait définitivement que cela ne faisait qu'ajouter au charme sulfureux qui avait toujours été le sien.

*
* *

A peine étaient-ils entrés dans la salle de bal que, comme s'il n'attendait que cela, l'orchestre attaqua un slow langoureux.

— Parfait, murmura Gabriel en lui prenant la main.

Il l'entraîna sur la piste rejoindre plusieurs couples, parmi lesquels se trouvaient Claudia et Benito.

— Je préférerais que nous gardions nos distances, fit Bella avec raideur, tandis qu'il l'enlaçait étroitement.

— Ne vous a-t-on pas appris que la vie n'est qu'une suite de déconvenues ? lui glissa-t-il à l'oreille, sans relâcher son étreinte.

Bella s'écarta légèrement. Ses yeux lançaient des éclairs.

— J'ai connu quelqu'un qui m'a donné de très bonnes leçons dans ce domaine, riposta-telle d'un ton cinglant.

— Alors vous ne serez pas surprise que je choisisse de ne pas céder à votre injonction, répliqua-t-il en raffermissant son étreinte.

Après les événements de cette soirée, Bella n'était plus à même de s'étonner de quoi que ce soit !

Mais comment n'aurait-elle pas été troublée en sentant le corps vigoureux de Gabriel plaqué contre le sien, sa joue appuyée à ses cheveux, la pression de sa main au creux de ses reins, la manière dont il emprisonnait la sienne posée contre son torse ?

Elle avait beau s'en défendre, elle ne pouvait s'empêcher d'être bouleversée par le souffle tiède de Gabriel sur sa tempe, la chaleur qui émanait de lui, son parfum…

Rien ne lui échappait non plus de sa propre réponse à la sensualité de cette étreinte. Sa respiration haletante, sa poitrine qui tendait l'étoffe de son corsage, ses mamelons durcis, cette sensation à la fois douloureuse et exquise qui nouait son bas-ventre, tout lui disait assez qu'elle était loin d'être insensible au contact de Gabriel.

En fait, c'était une véritable torture…

Et son supplice était encore aggravé par les clins d'œil complices que lui adressait une Claudia ravie, abusée par ce qu'elle prenait pour des preuves de l'intérêt de Gabriel Danti pour son aînée.

Elle finit par parvenir à s'écarter de quelques centimètres, et retira la main qu'il serrait dans la sienne.

— Je pense que nous avons dansé suffisamment longtemps, ne trouvez-vous pas ? déclara-t-elle d'un air compassé, sans oser lever les yeux vers lui.

Gabriel retint le petit rire désabusé qui lui montait de la gorge. Effectivement, il avait dansé *suffisamment longtemps* avec Isabella Scott pour se rappeler combien étaient affolantes la sensation de ses seins contre son torse, la chaleur de ses cuisses plaquées aux siennes.

Et c'était bien là ce qu'il avait cherché à savoir…

— Peut-être avez-vous raison, fit-il en s'immobilisant soudain au milieu de la piste de danse et en relâchant son étreinte.

Autour d'eux, les couples qui continuaient à danser leur jetèrent des regards étonnés.

— Vous essayez de me mettre dans l'embarras, n'est-ce pas ? marmonna-t-elle d'un ton furieux.

Elle fit volte-face et s'éloigna. Gabriel la suivit.

— Pas du tout. Je n'ai fait que répondre à votre requête.

— Allez-vous en, Gabriel, lâcha-t-elle d'une voix lasse. Je vous en prie, partez.

Le regard pénétrant qu'il vrilla à celui de Bella lui révéla que ce n'était plus de la colère qu'il voyait briller dans ces profondeurs violettes.

— Vous pleurez ? s'étonna-t-il.

— Certainement pas, répliqua-t-elle vivement, relevant le menton d'un air de défi. Il en faut plus pour me faire pleurer qu'avoir eu la malchance de vous croiser ce soir. Et maintenant, si vous voulez bien m'excuser, je vais regagner ma chambre.

— Vous êtes descendue dans cet hôtel ?

— Oui. Et alors ? Qu'est-ce que cela change ?

— Rien. Je ne posais cette question que par pure curiosité.

— Ah bon ! Je ne me souvenais pas que vous étiez capable de montrer la moindre curiosité à l'égard de qui que ce soit. Il m'avait semblé que la seule personne pour qui vous éprouviez de l'intérêt, c'était vous-même.

Gabriel pinça les lèvres d'un air menaçant.

— Prétendriez-vous que je suis un amant peu généreux ?

— Mais non, bien sûr ! protesta Bella, dont les joues s'empourprèrent. Cette conversation est du dernier ridicule. Je vais me coucher. Je ne vous dirai pas que j'ai eu plaisir à vous revoir, Gabriel. Ce serait mentir.

Elle fit demi-tour et partit d'un pas décidé. Gabriel la suivit des yeux. Sa longue chevelure soyeuse tombait en cascade jusqu'à ses fesses. Ses hanches ondulaient en un balancement provocant sous l'étoffe moulante de sa robe pourpre. Quant à ses jambes, juchées sur des sandales à hauts talons, elles paraissaient incroyablement fines et bien galbées.

En effet, revoir Isabella Scott n'était pas un plaisir. C'était bien plus que cela…

Bella se contraignit à quitter la salle de réception d'un pas mesuré. Inutile de donner à Gabriel — dont elle n'ignorait pas qu'il avait les yeux braqués sur elle — le sentiment qu'elle fuyait devant lui.

Une fois les portes de l'ascenseur refermées, elle se laissa aller contre l'une des parois recouvertes de miroirs et respira profondément, tandis que la cabine descendait jusqu'au sixième étage, où se trouvait sa chambre.

Pouvait-il y avoir pire que la découverte de ce lien de parenté entre la fiancée de son cousin et Gabriel Danti ? Quelle excuse allait-elle bien pouvoir trouver le lendemain pour échapper à la noce ?

Car il était hors de question qu'elle y assiste.

En rentrant dans la suite qu'elle partageait avec son frère et sa sœur, elle fit l'effort de sourire à Angela. La jeune sœur de Dahlia s'était gentiment proposée pour emmener dans une pizzeria les plus jeunes des invités anglais, puis pour les surveiller une fois rentrés.

— Tu rentres de bonne heure ! s'étonna-t-elle.

— Oh, j'ai un léger mal de tête, déclara Bella en matière d'excuse. Et puis j'ai pensé que tu en avais assez fait, et que tu aimerais certainement aller danser un peu.

— Merci ! Je ne dis pas non, acquiesça Angela, qui quitta la pièce avec un grand sourire.

Bella poussa un profond soupir. Elle prit le temps de se calmer avant de gagner la chambre où son jeune frère était encore en train de lire dans son lit.

— Tout va bien, Liam ? demanda-t-elle à voix basse.

— Comme tu peux le voir, répondit l'adolescent. Il dort comme un bébé.

En se tournant vers le deuxième lit, Bella ne put s'empêcher d'avoir un sourire attendri.

Toby, son fils de quatre ans, respirait doucement, et ses boucles brunes dessinaient un halo sur l'oreiller.

Tout comme celui de son père, son menton était creusé d'une fossette qui lui donnait un charme singulier.

3.

— C'est curieux. Contrairement aux autres femmes, vous ne pleurez pas aux mariages !

La voix grave, aux accents railleurs, fit se raidir Bella.

Lentement, elle se tourna pour faire face à Gabriel.

Dans son costume à la coupe impeccable, c'était certainement l'homme le plus séduisant de tous les invités rassemblés à l'extérieur de la petite église, où Brian et Dahlia venaient d'échanger leurs vœux.

Malgré toutes ses tentatives pour prétexter une indisposition, et même en avançant que Toby était peut-être malade, Bella n'avait eu d'autre choix que de se résigner à assister à la noce.

Son père était médecin, et il n'était pas facile de le duper !

Son dernier espoir avait été que Gabriel respecte son souhait et se tienne à distance respectable tout au long de la journée.

Manifestement, il n'en était rien.

Lorsqu'elle avait pénétré dans l'église, avec sa famille, Gabriel était déjà installé, à côté d'un homme à la chevelure argentée qui lui ressemblait trait pour trait.

Son père, manifestement. Le très distingué Cristo Danti.

Bella avait senti son cœur se serrer lorsque son

regard était allé des deux Italiens au petit bonhomme qui s'agitait sur le banc auprès d'elle.

Toby était le portrait en miniature de son père et de son grand-père !

Fort heureusement, son fils s'était éclipsé dès la fin de la cérémonie pour aller jouer avec tout le groupe d'enfants et son très cher oncle Liam.

— Si je devais pleurer, répliqua-t-elle avec malice à la remarque de Gabriel, ce serait de compassion.

Un sourire complice se peignit sur les lèvres de Gabriel tandis qu'il balayait d'un regard plein d'admiration la silhouette de Bella.

Sa robe épousait merveilleusement les courbes sensuelles de son corps mince, et elle avait accroché une fleur de soie au-dessus de son oreille gauche pour retenir la masse de ses cheveux noirs.

Elle était d'une beauté sans afféterie, et semblait parfaitement maîtresse d'elle-même.

Un curieux esprit de contradiction inclinait Gabriel à essayer d'ébranler cette belle assurance.

— Peut-être cet état d'esprit est-il dû au fait qu'on ne vous a encore jamais proposé le mariage ?

Sous l'affront, les joues de Bella se colorèrent.

— Qu'est-ce qui vous permet de penser cela ? répliqua-t-elle. Qui vous dit que je n'ai pas fait le choix du célibat parce que je connais trop bien l'inconstance des hommes ?

— Peut-être n'avez-vous pas rencontré l'homme qu'il fallait ?

— En effet !

C'était une lueur de défi que Gabriel vit briller dans les yeux de Bella.

Il sourit. De telles chamailleries avaient beau être fort distrayantes, le mariage de sa cousine n'était pas le lieu le plus adéquat pour jouer au chat et à la souris avec Isabella Scott !

Bella leva un regard interrogateur vers Gabriel qui venait de poser une main sur son épaule, comme pour la retenir.

— Je dois y aller, Gabriel. Si vous voulez bien me…

— Il faut que nous parlions, l'interrompit-il.

— N'est-ce pas ce que nous avons fait hier soir ? Je n'ai pas l'impression qu'il en soit sorti grand-chose de positif.

Gabriel souda son regard au sien, et elle vit sa mâchoire se contracter.

— Exactement, renchérit-il. Et il est ridicule que nous restions brouillés quand nos deux familles sont maintenant unies.

Bella eut un petit rire triste.

— N'exagérons rien ! lança-t-elle d'un ton impatient. Le mariage de nos cousins ne signifie nullement que nous soyons amenés à nous fréquenter dans l'avenir.

En tout cas, elle ne le souhaitait pas. Pour l'instant, tout ce qui lui importait, c'était d'arriver au terme de cette journée sans que la vérité éclate au grand jour.

Or, comment allait-elle éviter que Toby et Gabriel se retrouvent face à face ?

Elle ignorait absolument quelle serait alors la réaction de ce dernier, mais elle le savait ombrageux. Et il était hors de question que son fils en subisse les conséquences ! Toby était un enfant au caractère heureux, qui vivait entouré d'amour. Bella entendait bien que rien ne vienne troubler sa tranquillité d'esprit.

Les jours précédents lui avaient permis de constater à quel point la famille de Gabriel avait une véritable vénération pour sa progéniture. Comment celui-ci réagirait-il s'il prenait conscience qu'un fils lui était né de cette seule nuit d'amour avec elle ? Et, surtout, quelle attitude aurait-il en découvrant qu'il avait été privé de voir grandir cet enfant ?

Ces interrogations, que Bella ressassait depuis qu'elle avait revu Gabriel, la firent de nouveau frémir.

— Il faut vraiment que j'y aille, insista-t-elle.

Sans oser le regarder, elle s'écarta de manière à se dégager de son étreinte.

Gabriel la fixa intensément tandis qu'elle s'éloignait vers le groupe d'enfants qui jouaient à l'écart de la petite église. Il ne put retenir une grimace de souffrance en entendant le rire affectueux dont elle les gratifia.

Le plus grand d'entre eux présentait avec Bella une ressemblance qui ne laissait planer aucun doute sur le fait qu'il s'agissait de son jeune frère.

— C'est une de tes amies ?

En entendant la voix de son père, Gabriel se retourna en souriant. Pour rien au monde il n'aurait laissé percevoir à ce dernier l'angoisse qu'il ressentait à la vue de la fatigue sur ses traits et de la pâleur maladive de son teint cireux — stigmates d'une récente crise cardiaque. Cristo avait finalement décidé au dernier moment d'assister à la cérémonie, et Gabriel ne trouvait pas cela très prudent.

— Je doute que Bella se définisse comme une amie, répondit-il d'un air désabusé.

— Bella ?

Son père haussa un sourcil interrogateur en suivant des yeux la jeune femme qui s'éloignait sur le chemin, penchée vers un garçonnet qu'elle tenait par la main.

— Isabella Scott, expliqua Gabriel. Je l'ai rencontrée lors de la réception, hier soir.

Gabriel se tut. Inutile d'en dire plus. Cela n'aurait fait qu'attiser l'insatiable curiosité de son père quant aux fréquentations féminines de son célibataire de fils.

Car Cristo s'était mis en tête qu'il serait grand temps pour celui-ci de prendre femme, et de lui donner les petits-enfants qui continueraient la dynastie. Il ne pouvait s'empêcher de se désoler de voir qu'à trente-trois ans son fils ne semblait avoir aucune inclination pour le mariage. Aussi, il examinait chacune des jeunes femmes auxquelles Gabriel adressait la parole comme une belle-fille potentielle.

Le banquet du mariage tirait à sa fin, et Bella commençait à respirer un peu mieux. Elle nota avec satisfaction que les invités se dirigeaient à présent par petits groupes vers la salle de bal.

Elle allait enfin pouvoir prendre congé de ses hôtes, en prétextant qu'il était l'heure de mettre Toby au lit.

Fort heureusement, elle et ses parents avaient été placés à une table éloignée de celle attribuée à Gabriel et son père. Quant aux enfants, ils avaient été rassemblés à l'écart des adultes, ce qui évitait de savoir de qui exactement ils étaient la progéniture.

Après avoir expliqué aux siens qu'elle était trop fatiguée pour prolonger la soirée, elle se dirigea vers la porte, où Brian et Dahlia saluaient ceux de leurs invités qui choisissaient de se retirer.

Elle n'aurait plus ensuite qu'à aller discrètement récupérer son fils au milieu du petit groupe tapageur, au sein duquel il n'était pas le dernier à se déchaîner.

— Vous partez déjà, Bella ?

Elle s'était réjouie trop vite... Gabriel se dressait en travers de son chemin, avec une expression pugnace, et Bella sentit un frisson d'appréhension se nouer au creux de son estomac.

— J'ai la migraine, répliqua-t-elle d'un ton crispé.

— Décidément, les mariages ne vous réussissent pas ! J'espère que ce n'est pas ma présence qui vous a mise mal à l'aise.

— Pas le moins du monde.

— Il est dommage que vous quittiez la fête si tôt : mon père souhaitait faire votre connaissance.

Quand bien même Cristo en aurait été ravi, il n'avait certainement rien demandé de tel. Mais Gabriel se sentait d'humeur à mettre Bella à l'épreuve.

— Votre père ? s'étonna-t-elle. Mais pourquoi ?

Gabriel la dévisagea à travers ses cils à demi baissés.

— Simple question de politesse, je suppose. Après tout, il est maintenant l'oncle par alliance de votre cousin.

— Mais enfin, protesta Bella, nous n'aurons guère d'occasions de nous rencontrer de nouveau ; je vous l'ai déjà dit.

— Même pas lors du baptême du premier enfant de Brian et Dahlia ?

Bella laissa échapper un soupir accablé. Combien de temps parviendrait-elle encore à dissimuler à Gabriel qu'elle avait un fils ? Et surtout que c'était également le sien…

— Qui sait où nous serons tous à ce moment-là ? plaida-t-elle.

En ce qui la concernait, elle envisageait de plus en plus de s'exiler au fin fond de la Tasmanie !

— Ecoutez, reprit-elle, il faut vraiment que j'y aille…

— Eh bien, puisque vous ne semblez pas disposée à rencontrer mon père ce soir, pourquoi ne viendriez-vous pas visiter nos vignobles demain, avec votre famille ?

Bella se raidit et leva vers Gabriel un regard perplexe.

— Pourquoi faites-vous cela ?

— Ce n'était qu'une banale suggestion.

— Vous savez très bien que ce n'est rien de tel. Comme vous n'ignorez pas que vous êtes la dernière personne que j'ai envie de fréquenter.

Elle essaya de contrôler sa respiration. Il n'était pas question de montrer à quel point elle était troublée !

— « La dernière personne… », répéta Gabriel à voix basse, en plissant les yeux d'un air soupçonneux. Mais que me vaut une telle indignité ? Serait-ce mes cicatrices qui me rendent si répugnant à vos yeux ?

Il avait prononcé ces derniers mots d'un ton acerbe.

— Comment osez-vous me croire aussi superficielle ? C'est insultant !

Pourtant, Bella devait bien s'avouer qu'elle n'aurait pas dû se montrer aussi dure avec Gabriel. Elle avait commis une erreur. Mais avait-elle jamais fait autre chose que des erreurs avec cet homme ?

Sauf garder Toby, bien sûr !

Certes, elle avait été abasourdie, et passablement effrayée, lorsqu'elle s'était rendu compte qu'elle était enceinte. Mais le choc et la peur avaient vite cédé la place à l'émerveillement de sentir cette petite vie grandir en elle.

Quant à ses parents, ils avaient été admirables ! Tout comme Claudia et Liam, ils l'avaient entourée de leur affection, et soutenue dans tous les moments où elle se demandait avec angoisse comment elle allait parvenir à assurer la charge d'un enfant. Ils avaient même insisté pour les héberger, Toby et elle, jusqu'à ce qu'elle gagne suffisamment sa vie.

De plus, à aucun moment ils n'avaient cherché à savoir qui était le père du bébé.

Pourraient-ils l'ignorer plus longtemps si Gabriel persistait dans son intention de les inviter tous chez lui le lendemain ?

Pour elle, la ressemblance entre le bel Italien et son petit garçon ne faisait pas le moindre doute. Pouvait-il en être de même pour qui ignorait leur lien de sang ?

Claudia s'était déjà demandé, au moment où elle l'avait rencontré, qui Gabriel Danti pouvait bien lui rappeler.

Non ! Il était impossible qu'elle prenne ce risque !

— Bon, c'est d'accord Gabriel, céda-t-elle brusquement. J'accepte que vous me présentiez votre père.

Elle fit volte-face et se dirigea d'un pas décidé vers la table où Cristo Danti était en grande conversation avec une jeune fille.

Gabriel, qui l'escortait, se dit qu'elle n'avait pas vraiment répondu à sa remarque sur le dégoût que pourraient lui inspirer ses blessures.

En tout cas, elle avait affirmé sans détour son intention de ne plus rien avoir à faire avec lui.

Les voyant s'avancer, Cristo interrompit sa conversation et se leva. Gabriel nota combien il était pâle ; ce constat le désola. Le long voyage depuis l'Italie et les festivités du mariage avaient manifestement ébranlé sa santé déjà chancelante.

— Papa, dit-il, puis-je te présenter Isabella Scott ? Bella, voici mon père, Cristo Danti.

Un instant, Bella eut le souffle coupé. En le voyant maintenant de si près, elle retrouvait parfaitement dans ce visage sévère, au caractère aristocratique, les traits de Gabriel, mais aussi de Toby…

— Monsieur Danti, le salua-t-elle avec un flegme qu'elle était loin de ressentir.

Seule la rougeur qui enflammait ses pommettes trahissait le trouble qu'elle éprouvait lorsque le vieil homme lui prit la main, qu'il porta courtoisement à ses lèvres.

— Votre surnom n'aurait pu être mieux choisi, mademoiselle Scott, murmura Cristo Danti d'un ton admiratif.

Bella eut un sourire gêné.

— Je vous remercie. Employez-le, je vous en prie.

— Vous plaisez-vous à San Francisco, Bella ? J'ai toujours aimé cette ville…

— Oui, il y a de très belles choses.

L'espace d'une seconde, Bella se dit que Gabriel

devait se réjouir de la sentir aussi mal à l'aise. Et triompher intérieurement d'avoir réussi à lui extorquer ces présentations, sous la menace voilée d'inviter toute sa famille le lendemain.

— Comptez-vous y séjourner longtemps ?

— Juste deux ou trois jours de plus.

— Peut-être auriez-vous le temps de venir voir…

— Maman ! Papy et mamie disent qu'il faut qu'on parte !

Bella sentit son sang se glacer dans ses veines en entendant la petite voix de Toby, qui venait de surgir à ses côtés.

Oh, non !

Pas ici… Pas maintenant…

Elle demeura interdite. Aucun son n'aurait pu franchir ses lèvres.

C'était pire que tout ce qu'elle avait imaginé.

Pire que tous les cauchemars qu'elle avait faits depuis ses retrouvailles avec Gabriel, la veille.

— « Maman » ? articula ce dernier, à mi-voix, d'un ton incrédule.

Il fallut à Bella toute la force de sa volonté pour se tourner vers lui. Elle pâlit en voyant qu'il semblait incapable de détacher son regard du petit visage de Toby, levé vers eux.

Mais ce fut Cristo Danti qui les arracha à ce sortilège.

Avec un râle sourd, il s'effondra lentement, fixant des yeux écarquillés sur celui qui ne pouvait être que son petit-fils.

4.

— Surtout, ne dis rien ! lâcha Gabriel d'une voix féroce.

Il faisait les cent pas dans le hall où Bella et lui attendaient des nouvelles de Cristo.

Il avait réussi à soutenir ce dernier in extremis, juste avant qu'il ne touche le sol, et l'avait entraîné hors du salon de réception aussi discrètement que possible.

Pendant ce temps, Bella était allée quérir son père en toute hâte pour qu'il examine le vieil homme. Henry Scott avait fermement mis les deux jeunes gens à la porte du petit salon où il s'occupait de son patient.

Maintenant qu'il le savait entre les mains expertes du médecin, Gabriel avait enfin tout loisir de réfléchir à la raison qui avait entraîné le malaise de son père.

Cet enfant…

Le fils de Bella…

Qui s'avérait être aussi le sien !

Lorsque Gabriel cessa ses va-et-vient pour se planter devant elle, avec le regard lourd de reproches, Bella tressaillit. Il espérait qu'elle aurait la décence de ne pas nier une évidence aussi criante. Cristo Danti en avait éprouvé un tel choc que cela lui avait peut-être provoqué une crise cardiaque.

— Il… il s'appelle Toby, bredouilla-t-elle. Tobias, en fait. Il a quatre ans.

Gabriel serra les poings.

— Quatre ans et quatre mois, si je compte bien, non ?

— C'est cela.

Bella ne doutait pas que Gabriel exigerait tous les détails qu'il était en droit d'attendre sur la naissance de Toby.

Tout comme elle avait compris, au regard que lui avait lancé son père lorsqu'il avait vu Gabriel et Cristo, qu'une discussion serait inévitable dès qu'il en aurait fini avec le malade.

Elle exhala un profond soupir.

— Il me semble que ce n'est ni l'endroit ni le moment adéquat pour cette discussion, Gabriel…

— Effectivement, coupa-t-il. Il aurait été préférable que nous l'ayons eue quand tu as découvert que tu étais enceinte.

— Dois-je te rappeler que je n'avais guère le moyen de te joindre à ce moment-là.

Il serra les lèvres.

— Il suffisait de lire les journaux pour savoir que j'essayais de me remettre de mon accident en Italie, dans la propriété familiale.

Les prunelles de Bella lancèrent des éclairs améthyste.

— Tu imagines peut-être qu'il m'était facile de t'y rejoindre pour t'annoncer la nouvelle !

— En tout cas, tu n'avais pas le droit de me dissimuler l'existence de mon fils.

L'expression de Gabriel s'était assombrie, et un muscle palpitait au coin de sa mâchoire.

— Comment aurais-je pu savoir que cela t'importait ? Tu avais promis de m'appeler quand tu m'as quittée, ce matin-là, et tu ne l'as jamais fait. En plus, je sais très bien que tu n'as couché avec moi que pour te venger de ta petite amie. Tu étais jaloux et…

— Est-ce que vous pourriez tous les deux remettre votre… *discussion* à plus tard ?

Henry Scott, qui venait d'ouvrir la porte de la pièce où Cristo Danti était allongé sur un canapé, s'adressa à Gabriel :

— Je pense que votre père est simplement en état de choc. Il ne semble pas avoir subi de nouvelle crise cardiaque. Mais, par acquit de conscience, je préférerais le faire hospitaliser pour un check-up.

— Papa, je…

— Tout va bien, Bella, dit-il d'une voix douce, avec un sourire rassurant. Pour l'instant, occupons-nous de faire transporter M. Danti à l'hôpital.

Il n'aurait pu être plus explicite sur le fait qu'il avait percé à jour le lien entre la famille Danti et Toby.

Bella se mordit la lèvre, taraudée par l'appréhension. Que devait-il penser d'elle ?

— Je veux voir mon fils !

Bella avait laissé partir Gabriel et son père à l'hôpital avec Cristo, et avait couché Toby.

Cependant, certaine que Gabriel viendrait lui demander des comptes dès qu'il serait rassuré sur l'état de son père, elle ne s'était pas couchée. Après avoir changé sa robe de cocktail pour un jean et un T-shirt, elle s'était installée dans le séjour de la suite.

Il était déjà 2 heures du matin, mais le coup frappé à la porte ne l'avait pas le moins du monde surprise.

Gabriel affichait une mine sévère. Sur son visage dur, sa cicatrice ressortait avec plus de netteté qu'à l'accoutumée. Dans ses yeux sombres dansait une lueur de défi.

— Toby est couché, dit Bella en le laissant entrer.

Lorsqu'il serra les mâchoires, elle eut l'impression de voir palpiter la balafre sur sa joue.

— Peu importe. Je veux le voir.

— Comment va Cristo ?

— Le diagnostic de ton père était bon : c'était juste un choc, il n'y a pas eu infarctus. On le garde à l'hôpital jusqu'à demain seulement.

— Mon père est rentré à l'hôtel avec toi ?

Bella avait déjà eu droit dans la soirée à une longue et peu agréable conversation avec sa mère ; elle n'avait aucune envie de subir le même interrogatoire de la part de son père, une fois que Gabriel serait parti.

— Oui. Il m'a demandé de te dire qu'il te verrait dans la matinée.

Bella ouvrit des grands yeux effarés.

— Tu lui as dit que tu venais me voir ?

Elle leva aussitôt les yeux au ciel. Quelle question stupide ! Comment, sinon, Gabriel aurait-il connu le numéro de sa suite ?

— Il a très bien compris que je veuille voir mon fils.

L'entendre prononcer ces mots fit sursauter Bella. Certes, Gabriel avait bien eu sa part dans la conception de Toby, mais c'était son fils à *elle*. Et à personne d'autre.

Elle secoua vigoureusement la tête.

— Je ne crois pas que ce soit une bonne idée…

Le rire âpre que laissa échapper Gabriel coupa court à ses protestations.

— Permets-moi de te dire que ce que tu souhaites ou non, m'importe peu. Je te rappelle que tu me caches l'existence de mon fils depuis plus de quatre ans.

Gabriel n'avait aucune intention de dissimuler le mépris qu'il ressentait à l'égard de Bella.

Dire qu'il avait un fils !

C'était tellement incroyable de penser que, dans la chambre voisine, dormait un garçonnet aux boucles brunes, qui portait au menton la même fossette que lui !

Isabella le lui avait caché depuis si longtemps que

Gabriel ne supportait pas l'idée que cela dure ne serait-ce qu'une seconde de plus.

— Où est-il, Isabella ? siffla-t-il entre ses dents serrées, l'air furieux.

Le coup d'œil terrifié qu'elle lança vers la porte de communication suffit à renseigner Gabriel. Il se dirigea vers la chambre d'un pas décidé.

— Où vas-tu ?

Sans même tenir compte des protestations de Bella, Gabriel poussa délicatement la porte.

Dans le premier lit dormait Liam.

Dans le second, reposait un tout petit garçon, dont il savait maintenant qu'il était son fils.

Le cœur serré, Gabriel retint son souffle.

Toby…

Il avait des cheveux de la couleur des siens, et son petit menton rond de bébé s'ornait de ce creux hérité de son père et de son grand-père. Quant aux longs cils qui caressaient sa joue et à l'arc parfait de sa lèvre supérieure, il les tenait indéniablement de sa mère. Un magnifique enfant, mélange parfait de ses deux parents.

Dire que ce si bel enfant était sa chair et son sang !

Lorsque Gabriel se laissa tomber à genoux auprès du lit, Bella ne put rien faire pour l'en détourner. Ses paroles de protestation s'éteignirent sur ses lèvres quand elle le vit caresser la joue ronde de Toby, d'un doigt si léger que le petit ne bougea même pas.

La gorge nouée, elle vit les traits rudes de Gabriel s'adoucir tandis qu'il contemplait, avec un amour émerveillé, celui qui — comment ne pas l'admettre aujourd'hui ? — était aussi son enfant.

Elle sut alors, avec une certitude inébranlable, que ces quatre années où Toby n'avait été qu'à elle et à sa famille venaient de s'achever.

Définitivement…

*
* *

Après s'être résolu à regret à quitter la chambre, Gabriel se dirigea vers le minibar du séjour.

— J'ai besoin de boire quelque chose.

Il se versa un whisky, qu'il ingurgita d'un trait. Puis il se tourna vers Bella, une expression farouche sur le visage.

— Eh bien, Isabella ! Comment envisages-tu de gérer cette situation ?

— Quelle situation ?

Gabriel l'observa attentivement. Debout à l'autre extrémité de la pièce, elle avait immédiatement adopté une posture défensive. Cette femme, avec laquelle il avait fait l'amour cinq ans auparavant, lui avait délibérément dissimulé qu'un enfant en était né. Elle ne méritait pas la moindre pitié.

— Même si tu en as décidé autrement, lança-t-il, Toby a besoin de ses deux parents.

Bella déglutit avec peine.

— Comme je te l'ai dit…

— Je sais, coupa Gabriel. Tu considères que je n'ai aucun droit sur mon enfant, tout simplement parce que j'aurais, selon ta théorie, couché avec toi par pur dépit. Mais je peux te garantir qu'il n'en est rien, Isabella !

Il marqua une pause, bien déterminé à lui faire comprendre l'importance de ce qu'il allait lui dire. Et à contenir la violence qui montait en lui chaque fois qu'il évoquait ce sujet…

— Tu ne crois quand même pas ce dont m'a accusé Janine après l'accident ? reprit-il enfin. Tu n'imagines pas que j'aie pu provoquer par simple malveillance un accident qui a coûté la vie à deux hommes ?

La véhémence rentrée avec laquelle Gabriel proférait

ces paroles était telle que Bella se sentit pâlir. Elle passa sa langue sur ses lèvres soudain trop sèches.

— Non… bien sûr…, répondit-elle dans un souffle.

— Je n'étais *pas* responsable de cet accident, Isabella, martela-t-il. L'enquête l'a prouvé. Tout ça n'était que les accusations hystériques d'une femme qui a profité du fait que j'étais inconscient, et incapable de me défendre.

D'un léger signe de tête, Bella lui fit comprendre qu'elle n'en doutait pas. Mais les accusations de Janine Childe n'étaient pas ce qui avait retenu Bella. Elle n'avait pas cherché à prendre contact avec Gabriel après l'accident tout simplement parce qu'il n'était guère envisageable qu'elle demande à voir Gabriel Danti à l'hôpital et qu'on la laisse le voir ! Personne n'était au courant de leur éphémère relation, on aurait pensé qu'elle était une groupie enamourée usant d'un stratagème pour rencontrer son idole blessée.

Elle avait alors pensé que ce serait lui qui l'appellerait, comme il l'avait promis, le jour où il serait en mesure de le faire. En attendant, elle n'avait eu d'autre choix que de poursuivre le cours de sa vie.

Dont elle ne savait pas encore combien il allait être bouleversé !

Lorsqu'elle avait découvert qu'elle était enceinte, plusieurs semaines plus tard, elle s'était dit que le silence de Gabriel prouvait qu'il ne voudrait certainement rien avoir à faire avec elle et son enfant.

Au pire, il aurait même pu décider de le lui prendre ; en effet, il avait les moyens financiers et les avocats nécessaires. Et cette idée lui avait fait horreur.

Mais il était trop tard maintenant pour essayer d'expliquer les raisons de ses choix et tenter de se justifier aux yeux de Gabriel. Bien trop tard…

Sur le beau visage expressif de Bella, Gabriel voyait se

succéder les émotions, trop fugaces pour qu'il parvienne à toutes les identifier.

— Mon absence totale de responsabilité dans ce drame, enchaîna-t-il, ne signifie pas que je n'en porte pas tout le poids. Il n'y a pas un jour où je ne culpabilise en pensant à la mort de Paulo et de Jason.

— Mais pourquoi, puisque ce n'est pas ta faute ? demanda Bella.

Gabriel passa machinalement un doigt sur sa cicatrice. Comment aurait-il pu expliquer ce qu'il avait ressenti à son réveil, lorsqu'on lui avait appris le décès de ses deux coéquipiers ?

Et son désespoir, son sentiment d'impuissance, devant la gravité de ses propres blessures, qui lui laissaient, encore cinq ans plus tard, cette estafilade au visage, et tant de balafres sur le torse, les jambes, le dos… Il avait même cru ne plus jamais pouvoir marcher, à cause de ses jambes et de son bassin broyés.

Mais ce qui avait été au moins aussi terrible que tout cela — la mort de Paulo et Jason, la duplicité de Janine, la souffrance physique —, c'était l'idée que cette nuit d'amour avait si peu compté pour Bella qu'elle ne prenait même pas la peine de…

Non ! Il ne devait pas ressasser cette douleur-là. Cela faisait des années maintenant qu'il avait cessé de s'interroger sur le silence de Bella ; il était hors de question qu'il y repense aujourd'hui !

Tout ce dont il voulait se préoccuper, pour l'instant, c'était de Toby. De son fils.

Et de cette nouvelle trahison de la part de Bella, autrement plus grave que la première.

Il lui fit face avec un visage implacable.

— Toby est la seule chose qui compte désormais, lança-t-il d'un ton glacial. A10 heures, demain — ou plutôt tout à l'heure —, je viendrai vous chercher tous les deux pour que vous veniez…

Bella lui coupa la parole :

— Ni moi ni encore moins Toby n'irons où que ce soit avec toi, Gabriel.

— Pour que vous veniez, reprit-il sans se laisser démonter, rendre visite à mon père. Le grand-père de Toby.

Les protestations que Bella s'apprêtait à renouveler moururent dans sa gorge.

Plus tôt dans la soirée, sa mère lui avait longuement répété que la relation qu'elle avait avec Gabriel ne concernait qu'eux deux. Qu'il leur appartiendrait de démêler l'écheveau de toute cette histoire. Mais qu'étant grand-mère elle ne pouvait qu'éprouver de la compassion pour Cristo, cet homme qui venait seulement de découvrir qu'il avait un petit-fils de quatre ans. Et pour qui cela avait été un tel choc émotionnel qu'il en avait eu un malaise.

Contre cette évidence, Bella n'avait aucun moyen de défense. La tension qui nouait ses épaules était telle que c'en était presque douloureux.

— Tout d'abord, sache que je n'apprécie pas beaucoup ce chantage affectif…

— Tu préférerais que je mette l'affaire entre les mains de mes avocats ? Ils pourraient déposer une demande pour qu'on t'interdise de quitter le territoire américain avec Toby. N'oublie pas, Isabella : je suis un Danti.

Cette menace fit jouer des reflets minéraux dans les beaux yeux de Bella.

— Quoi qu'il en soit, reprit-elle comme si Gabriel n'avait rien dit, et malgré le fait que je désapprouve tes méthodes, je suis prête à admettre les droits de Cristo en tant que grand-père…

— Mais pas mon droit de paternité !

La fureur déformait les traits de Gabriel, et la raideur de sa posture trahissait l'effort qu'il faisait pour se contrôler. Bella le regarda avec tristesse. Une telle conversation ne pouvait qu'élargir le gouffre qui s'était creusé entre eux.

Lorsqu'elle avait revu Gabriel, la veille, il ne lui avait pas échappé que cet homme était bien différent de celui qu'elle avait connu cinq ans auparavant.

Celui qui lui avait fait oublier toute prudence...

Le Gabriel d'aujourd'hui portait de profondes blessures. Et pas simplement sur son corps.

— Tu as dit 10 heures ? questionna-t-elle, en soupirant.

Gabriel la toisa, essayant de savoir si elle se jouait de lui. Apparemment non. Tout ce qu'il put lire dans son regard fut l'acceptation lasse d'une situation sur laquelle elle n'avait pas prise.

— Nous prendrons le temps d'expliquer à Toby qui je suis, et qui est mon père par rapport à lui.

— N'est-ce pas un peu prématuré ? protesta Bella.

— Si tu veux mon avis, cela vient plutôt quatre ans et demi trop tard.

— Mais cela ne peut que perturber Toby puisque tu ne joues aucun rôle dans sa vie !

Gabriel laissa échapper un rire méprisant.

— Parce que tu crois vraiment que les choses vont en rester là ?

Son regard farouche, aussi implacable que le ton sur lequel il l'appelait désormais « Isabella », disait assez qu'il n'en serait rien. L'estomac de Bella se contracta douloureusement. Qu'est-ce que cette détermination allait signifier pour elle ?

5.

— Est-ce que grand-père habite dans ces grandes maisons ?

— Absolument, Toby, acquiesça Gabriel d'un ton patient.

Bella laissa échapper un sourire. L'incroyable faculté d'adaptation des enfants était étonnante. Tout particulièrement celle de son fils. Dire qu'elle avait passé la nuit à se torturer l'esprit pour savoir comment expliquer au garçonnet que Gabriel Danti était son père, et Cristo Danti son grand-père !

Du haut de ses quatre ans, il avait accepté tout ça avec le plus grand naturel.

Il avait certes montré un peu de timidité lorsque Bella lui avait présenté ce parfait inconnu comme étant son père, mais la réserve avait vite fait place à l'excitation lorsqu'on l'avait installé à l'arrière du cabriolet sport de Gabriel.

Bella était de son côté le jouet d'émotions bien moins simples, tandis qu'elle regardait sans vraiment le voir l'océan Pacifique qui scintillait au loin.

Quel tour allait donc prendre sa vie ?

Dès qu'elle en avait eu les moyens, elle avait acheté un cottage dans un petit village anglais, pour y vivre avec Toby. Tous deux y étaient très heureux. En septembre, son fils rentrerait à l'école.

Tout cela était-il remis en question par l'apparition de Gabriel dans leur univers ?

Elle se remémora les menaces voilées qu'il avait proférées la veille.

Il lui était actuellement impossible de savoir quels étaient les sentiments, ou les intentions, de Gabriel. Lorsqu'il était arrivé à l'hôtel, il avait fait preuve à son égard d'une politesse contrainte, tout en adoptant avec Toby une attitude enjouée. Depuis, ses yeux étaient la plupart du temps dissimulés par des lunettes de soleil. Les rares fois que Bella avait eu l'occasion de croiser son regard, la froideur qu'elle y avait décelée ne laissait aucun doute sur la colère qu'il continuait à éprouver à son endroit pour l'avoir privé des premières années de son fils.

Ce courroux finirait-il par s'apaiser ? Cela paraissait peu probable.

— Nous y sommes, Toby.

Après avoir engagé la voiture dans l'allée menant à la maison de Cristo, Gabriel se tourna vers son fils, dont les yeux brillèrent d'excitation en voyant le portail automatique s'écarter devant eux.

Son fils !

Il avait encore peine à croire que ce petit garçon vif et heureux était son enfant. Alors que le garçonnet acceptait avec une placidité confiante ce que lui-même avait tant de mal à admettre !

Il tourna vers Bella son regard abrité derrière les verres sombres. La pâleur de la jeune femme, ses traits tirés, disaient assez la tension qui l'habitait. Pas question qu'il s'apitoie : après tout, elle n'avait que ce qu'elle méritait !

— Ta famille est-elle informée que je suis le père de Toby ?

Le souvenir du moment d'émotion partagé au petit déjeuner avec ses parents, sa sœur et son frère fit monter les larmes aux yeux de Bella. Elle se félicita de pouvoir, elle aussi, camoufler ses yeux derrière des lunettes. Aucun reproche ne lui avait été adressé quand elle avait expliqué ce qui s'était passé cinq ans auparavant.

— Oui, répondit-elle d'une voix rauque.

Gabriel eut un signe de tête satisfait, tout en venant se garer devant le perron d'une demeure de style victorien, aux tourelles crénelées, aux fenêtres ornées de vitraux. Le luxe imposant de la bâtisse était bien tel que Bella l'avait imaginé.

— Tu es certain que cette… visite ne risque pas d'être trop éprouvante pour ton père ? demanda-t-elle tout en suivant Gabriel d'un pas hésitant.

Il ôta ses lunettes et la gratifia d'un coup d'œil moqueur.

— Pas le moins du monde, Isabella. Je pense, au contraire, que cela ne peut que lui donner un coup de fouet.

Si au moins il pouvait cesser de s'adresser à elle en l'appelant « Isabella », sur ce ton hautain ! Avait-il oublié qu'elle avait été « Bella » pour lui, autrefois — même si cela n'avait duré qu'une nuit de folle passion ?

La veille, après son départ, Bella n'avait cessé de tourner et retourner dans son esprit ce qu'il lui avait dit au sujet de Janine Childe.

Quand bien même aurait-il dit vrai en affirmant qu'il n'avait été animé par aucun esprit de vengeance lorsqu'ils avaient eu cette aventure d'une nuit, cela changeait-il quelque chose au fait qu'il n'avait jamais cherché à poursuivre leur relation ?

La promesse qu'il lui avait faite en la quittant ce matin-là était restée lettre morte.

Certes, son terrible accident était survenu quelques heures plus tard. Mais, pour autant qu'elle le sache, il n'avait nullement souffert de perte de mémoire…

Alors pourquoi, après avoir repris suffisamment de

forces pour recevoir des visites, n'avait-il pas cherché à la revoir ? Non, elle ne pouvait pas se sortir de l'esprit que, pour lui, leur relation n'avait été rien d'autre que l'affaire d'une nuit.

Pouvait-elle vouloir d'un tel homme pour être le père de son enfant ?

Gabriel fut rassuré de constater que son père les attendait dans la végétation luxuriante de la serre : c'était l'endroit idéal pour mettre à l'aise un petit garçon de quatre ans, qui aurait certainement été impressionné par le décor solennel de la vaste demeure.

Il ne put ignorer à quel point son père était bouleversé par cette rencontre, tant l'émotion voilait sa voix lorsque son petit-fils vint à lui pour qu'il l'embrasse. Ils bavardèrent quelques instants, sous l'œil attendri de Gabriel. Assise à l'autre bout de la serre, Bella observait son fils faire la connaissance du vieil homme.

— Je néglige ta maman, Toby, finit par dire Cristo. Nous avons à parler tous les deux. Si tu veux, tu peux arroser mes orchidées.

Toby ne se fit pas prier, et Cristo s'approcha de Bella. Comme elle se levait, il lui prit la main pour y déposer un baiser.

— Je vous remercie de m'avoir amené Toby, lui dit-il, avec dans les yeux des larmes qu'il ne cherchait même pas à dissimuler.

La gorge nouée, Bella soutint son regard, surprise de n'y lire aucun reproche. Mais comment aurait-elle pu ignorer le silence menaçant de Gabriel à ses côtés ?

— Je… je ne sais… que dire, murmura-t-elle, consciente de la pauvreté de sa réponse.

Cristo eut un sourire rassurant.

— Gabriel m'a déjà expliqué tout ce qu'il y avait à

savoir, affirma-t-il. Tout ce qui compte, aujourd'hui, c'est que vous soyez là, Toby et vous.

— Vous êtes très bon, répondit Bella, soudain envahie par un sentiment de culpabilité, en serrant la main du vieil homme.

Après tout, n'avait-il pas la générosité d'accepter une situation qui avait failli lui valoir une nouvelle crise cardiaque pas plus tard que la veille ?

— Isabella et moi avons encore besoin de discuter, papa, s'interposa brutalement Gabriel. Tu ne m'en voudras pas si je te l'arrache quelques instants, et que nous te laissons Toby ?

Bella se contracta. Elle ne se sentait pas de taille à affronter Gabriel une nouvelle fois, d'autant qu'elle n'avait guère fermé l'œil la nuit précédente. Quant à la matinée, elle avait déjà apporté son lot d'émotions.

Un coup d'œil à l'expression déterminée de Gabriel lui suffit pour comprendre qu'elle avait peu de chances d'échapper à la confrontation tant redoutée.

— Toby ? appela-t-elle. Ça va aller si je te laisse un moment avec Cristo pendant que je vais discuter avec ton… ton père ?

Décidément, prononcer ce mot lui était difficile ; et ne donnait pas plus de réalité à la situation !

Son fils la gratifia d'un sourire confiant.

— Oui, acquiesça-t-il. Bien sûr, m'man.

Bella lui sourit en retour. Tout cela n'était pour lui qu'une extraordinaire aventure. Comment aurait-il eu conscience du fait qu'il faisait désormais partie de la famille Danti, avec toutes les conséquences et implications que cela pourrait avoir sur sa vie ?

— Ne vous inquiétez pas, la rassura Cristo. Toby et moi saurons nous tenir compagnie.

Bella le gratifia d'un sourire reconnaissant, mais son visage se figea dès qu'elle vit Gabriel s'effacer devant elle avec une politesse compassée. Passe encore qu'il se montre ainsi guindé avec elle ; ce qu'elle redoutait, c'était que cette impassibilité ne dure guère lorsqu'ils se retrouveraient face à face…

Elle n'eut d'autre choix, cependant, que de le suivre dans le hall, où il ouvrit une porte avant de lui faire signe d'entrer.

La pièce était tapissée de livres, une curieuse réplique de celle dans laquelle avait eu lieu leur première rencontre.

Gabriel referma la porte sur eux, avant d'aller s'installer derrière l'immense bureau recouvert de cuir vert sombre.

Au lieu de venir s'asseoir en face de lui, Bella se dirigea vers l'une des grandes baies donnant sur le jardin, devant laquelle elle se planta, lui tournant résolument le dos.

Gabriel l'observa entre ses paupières mi-closes.

Elle avait relevé ses cheveux en un chignon souple, au sommet de la tête, laissant apparaître sa nuque gracile. Ses épaules minces, sous l'étoffe de son corsage couleur ivoire, donnaient une impression de fragilité que Gabriel savait trompeuse. Isabella Scott était tout à fait capable de se défendre, et de défendre son fils avec acharnement, si besoin était. Ce qu'elle ignorait, c'était que Toby ne courait aucun danger avec lui.

Mais, pour ce qui était d'elle, les choses pourraient fort bien être différentes…

L'agacement lui arracha un profond soupir.

— M'ignorer ne me fera pas disparaître, Isabella.

Elle tourna vers lui un sourire chagriné.

— Si seulement c'était possible… soupira-t-elle.

Gabriel lui servit un regard impénétrable.

— Cela fait cinq ans que tu mènes ta vie à ta façon, Isabella…

— A *ma* façon ?

Le corps raidi, Bella redressa la tête d'un air de défi.

— J'avais vingt et un ans à la naissance de Toby, reprit-elle, enflammée. Pas plus ! Il n'était vraiment pas dans mes plans d'avoir un enfant à cet âge-là. A plus forte raison avec un homme qui ne vivait même pas dans le même pays que moi !

— Il ne sert à rien de se mettre en colère…

— J'essaie seulement d'expliquer pourquoi j'ai agi comme je l'ai fait. C'était la meilleure solution pour tout le monde.

— Pour Toby aussi, c'était la « meilleure solution » ? demanda Gabriel, les mâchoires serrées. Te rends-tu compte que tu l'as tout simplement privé de tout ce qu'aurait pu lui apporter la famille Danti ?

— Toby n'a jamais manqué de rien !

— Simplement d'un *père* !

Bella baissa les yeux. Que pouvait-elle répondre à cette accusation ?

Poursuivre cette conversation ne mènerait qu'à une inévitable dispute. Les différends qui les opposaient, Gabriel et elle, ne se résoudraient pas dans une querelle stérile, où chacun camperait sur ses positions. Tout particulièrement le débat qui concernait l'avenir de Toby…

— Je peux te garantir que mes parents lui ont apporté tout ce dont il avait besoin, déclara-t-elle d'une voix voilée. Claudia et Liam, eux aussi, l'ont entouré de leur affection. Et dès que j'ai travaillé, il a eu tout ce qu'il lui fallait.

— Comment gagnes-tu ta vie ?

— J'écris. Si l'on en exclut les romans, deux de mes livres ont été en tête des listes de best-sellers au cours des trois dernières années. En fait, à l'université, j'avais fait ma maîtrise sur Léonard de Vinci. Mon professeur l'avait jugée assez intéressante pour être publiée. Alors, pendant ma grossesse, je l'ai retravaillée, et une maison d'édition a fini par me la prendre. Voilà comment tout a commencé.

Gabriel hocha la tête. Ainsi, c'était à cette réussite professionnelle que Bella devait son assurance, et ce parfum d'indépendance qui semblait flotter autour d'elle. Il se devait d'admettre qu'elle avait su faire face avec brio aux difficultés inhérentes à la situation de mère célibataire.

— C'est tout à fait… remarquable.

Bella eut un petit sourire en coin.

— Cela contrarie un peu tes plans, n'est-ce pas ?

Certes, s'avoua Gabriel, le succès matériel de Bella modifiait passablement les données du problème. Il aurait dû prêter plus ample attention à certains détails…

La suite qu'occupaient Bella et son fils était manifestement coûteuse. De toute évidence, elle arborait des tenues venant de chez les meilleurs stylistes. Quant à Toby, il portait des vêtements de marque.

— Quoi qu'il en soit, murmura-t-il, l'air pensif, cela ne change pas grand-chose…

Un instant, Bella demeura interdite.

— Qu'est-ce à dire ? finit-elle par questionner.

— Toby est *mon* fils…

— Il me semble avoir déjà reconnu ce fait, coupa-t-elle d'un ton sec.

Une lueur moqueuse éclaira le regard de Gabriel.

— Le nier serait difficile.

La ressemblance entre l'enfant et lui-même, ainsi qu'avec son père, était incontestable.

— Par conséquent, reprit-il, la seule solution est de nous marier.

— Non ! s'insurgea Bella avec une expression horrifiée. Il est hors de question que je t'épouse ! Ni aujourd'hui ni jamais !

Elle s'efforça de masquer son ébahissement sous son

indignation. Comment Gabriel pouvait-il lui faire une telle proposition ?

A vrai dire, cela n'avait pas sonné comme une proposition. Il avait avancé cette solution comme une issue inévitable.

Au moment où elle avait découvert qu'elle allait être mère, Bella s'était refusé à faire appel à Gabriel pour des raisons financières. Lui être redevable de quoi que ce soit lui était tout bonnement insupportable.

De plus, il lui avait paru tout aussi inenvisageable de se faire épouser au terme d'une aventure sans lendemain, dans le seul but de donner un père à son enfant.

Aujourd'hui encore, elle ne pouvait accepter de lier son sort à un homme pour l'unique motif qu'ils avaient un enfant ensemble.

— C'est à cause de mes cicatrices que tu ne veux pas devenir ma femme ? demanda Gabriel d'un air farouche.

— Bien sûr que non ! Cela ne me pose aucun problème.

— Pourtant, cela répugnerait la plupart des femmes.

— Eh bien, s'emporta Bella, admettons que je n'ai rien de commun avec « la plupart des femmes ». Pour parler sérieusement, Gabriel, pourquoi ne reconnais-tu pas Toby sans m'impliquer dans l'affaire ?

Il eut une moue dubitative.

— Je ne vois guère de moyen de te laisser en dehors de tout cela. Tu es sa mère, dois-je te le rappeler ?

— Nous pourrions aménager un système de… de visites.

Elle se tut brusquement en voyant Gabriel bondir sur ses pieds.

— Est-ce vraiment ce que tu souhaites pour Toby ? questionna-t-il d'une voix tendue. Qu'il ne soit qu'un paquet que nous nous passons l'un à l'autre ?

— Il n'est pas nécessaire que les choses se déroulent ainsi, protesta Bella.

— Ce sera inévitablement le cas si nous ne sommes pas mariés.

— Et crois-tu qu'il sera plus heureux dans un couple qui n'existera que par lui ? avança-t-elle. Coincé entre des parents qui ne s'aimeront pas.

— Tu dis que les traces de mes blessures ne te rebutent pas…

Gabriel s'était approché d'elle au point que Bella ne pouvait lui dissimuler la couleur qui était montée à ses joues. Ni sa respiration haletante, qui gonflait ses seins sous l'étoffe de son corsage.

— C'est vrai, répliqua-t-elle en fronçant les sourcils. Mais cela ne veut pas dire que je suis prête à t'épouser.

Bella cilla rapidement. Si Gabriel ne se reculait pas un peu, il lui serait impossible de continuer à mettre deux idées bout à bout. Il était au-dessus de ses forces de se concentrer quand ce regard fiévreux s'attardait ainsi sur sa poitrine, dont elle sentait durcir les mamelons, tandis qu'une intense et délicieuse chaleur embrasait son bas-ventre.

Elle humecta ses lèvres.

— L'attirance physique ne suffit pas pour réussir un couple, protesta-t-elle faiblement.

— Admets que c'est déjà un bon début, susurra Gabriel, avec une lueur gourmande au fond de ses pupilles.

C'est tout juste si Bella parvenait à trouver la force de respirer, happée par ce regard où elle voyait désormais briller une flamme ardente.

Soudain, il fut contre elle, et elle sentit l'évidence de son désir.

Lentement, il s'inclina vers sa bouche…

Ce fut comme si un barrage cédait brutalement.

Leurs lèvres s'unirent avec une passion sauvage, et

Bella plongea les doigts dans les boucles brunes de Gabriel. Il la serrait de toutes ses forces contre son corps impatient.

Elle crut défaillir lorsqu'il glissa sa langue entre ses lèvres pour chercher la sienne, lui offrant un baiser dévorant.

Une vague de désir irrésistible la submergea, et seule la sensation des mains de Gabriel se posant sur ses seins parvint à apaiser quelque peu sa soif de lui.

Il avait écarté les pans de son chemisier de soie et refermé les doigts sur ses tétons durcis, la soumettant à une exquise torture. C'en était trop : elle ne put résister plus longtemps à l'envie de toucher sa peau nue.

Elle arracha presque les boutons de sa chemise et caressa ses muscles, sentant sous ses paumes la toison brune qui couvrait son torse. De l'index, elle suivit les sillons que ses blessures y avaient laissés.

Une plainte sourde s'échappa de la gorge de Gabriel.

Bella n'offrit aucune résistance quand celui-ci dégrafa l'attache qui retenait son soutien-gorge. Au contraire, elle se cambra lorsqu'il détacha ses lèvres des siennes, pour venir prendre dans sa bouche le téton gorgé de désir sur lequel il promena sa langue experte.

Sentir son membre dressé plaqué contre son ventre fit naître une chaude moiteur au cœur de sa féminité, qui palpita d'un besoin inassouvi.

Elle laissa Gabriel l'asseoir sur le bord du bureau et l'accueillit entre ses jambes écartées.

Sa respiration se fit haletante lorsque la puissance de son érection vint buter contre les replis de son intimité.

Gabriel enfouit son visage entre ses seins et reprit ses grisantes caresses sur ses mamelons.

Elle étouffa à grand-peine les gémissements rauques qui franchissaient ses lèvres, au fur et à mesure qu'elle approchait de l'extase.

Un coup discret frappé à la porte du bureau précéda la voix de Cristo Danti :

— Je descends dans le jardin avec Toby. Rejoignez-nous quand vous aurez fini de parler.

A peine avait-il entendu frapper que Gabriel s'était brusquement écarté de Bella.

— Nous arrivons, répondit-il d'un air absent, tout en rajustant sa chemise.

— Prenez votre temps, dit Cristo, dont ils entendirent bientôt les pas s'éloigner.

Bella s'était redressée, paniquée. S'éloignant du bureau, le dos tourné à Gabriel, elle entreprit de rattacher son soutien-gorge. Mais en vain : ses mains tremblaient trop pour cela.

— Laisse-moi t'aider, déclara Gabriel d'une voix altérée.

— Merci, murmura Bella lorsqu'il eut remis l'agrafe en place. Je… je ne sais… quoi dire. Je ne comprends pas… ce qui s'est passé.

— Oh si, Bella ! Tu le sais fort bien. En tout cas, je suis heureux de voir que tu n'avais pas menti au sujet de mes cicatrices…

Elle haussa les épaules. Bien sûr que les marques sur le corps de Gabriel ne lui posaient aucun problème. Mais comment pourrait-elle affronter celles qui zébraient son cœur et son âme ?

Elle secoua la tête en signe de désolation.

— Je n'ai pas pour habitude de me conduire ainsi.

— Cela fait peut-être un petit moment que tu n'as pas eu de relation avec un homme ?…

Bella fit volte-face et le fusilla du regard, scandalisée. A quel genre de femme pensait-il avoir affaire ? Apparemment, au genre qui laissait un homme l'allonger sur un bureau pour lui faire l'amour. Une femme capable de lui arracher sa chemise tant elle était impatiente de toucher sa peau nue.

Les paupières closes, elle lutta pour surmonter son subit dégoût d'elle-même et rassembler ses idées.

Non ! Elle n'était pas de ces femmes-là !

Mais Gabriel la croirait-il si elle lui avouait qu'il n'y avait jamais eu d'autre homme que lui dans sa vie ?

Comment le pourrait-il après la façon dont elle venait de se conduire ?

C'était pourtant l'exacte vérité. Cette nuit d'amour, cinq ans plus tôt, avait été suivie des neuf mois de sa grossesse, puis de toutes ces années où elle n'avait eu que son fils pour seule préoccupation.

Elle prit une profonde inspiration, et ouvrit les yeux.

Gabriel avait remonté sa chemise sur ses épaules, sans la reboutonner. Entre les pans écartés, Bella pouvait voir le lacis enchevêtré de stigmates qui altérait l'aspect de sa peau mate. Avec ses cheveux en bataille, il avait quelque chose d'un pirate à la beauté sauvage.

En tout cas, il était bien trop attirant pour qu'elle ne soit pas profondément troublée par sa présence.

Elle haussa un sourcil moqueur.

— Je n'ai pas eu de relation avec un homme depuis certainement bien plus longtemps que toi avec une femme, répliqua-t-elle.

Pendant quelques secondes, Gabriel la dévisagea en silence. Puis sa bouche s'incurva en un sourire crispé.

— Rares sont les femmes qui se montrent aussi… indulgentes que tu sembles l'être avec les imperfections physiques, laissa-t-il tomber amèrement.

En son for intérieur, Bella s'estima heureuse que la beauté de Gabriel ne fût pas plus parfaite. Elle en aurait perdu, sinon, toute capacité de raisonnement !

— En tout cas, enchaîna Gabriel, je suppose que ce qui vient de se passer entre nous prouve au moins que notre mariage nous apporterait certaines satisfactions.

Bella grimaça.

— Nous n'allons *pas* nous marier ! insista-t-elle.

Gabriel ne se laissa pas décourager par sa véhémence.

— Oh, je crois bien que si, rétorqua-t-il avec assurance. Maintenant que j'ai la certitude que je ne te suis pas indifférent, nous allons contracter un mariage qui ne sera pas que de convenance. J'ai bien l'intention que nous donnions des frères et sœurs à Toby.

Un instant déstabilisée par cette perspective, Bella secoua la tête d'un air farouche.

— Tu n'imagines quand même pas passer le reste de tes jours avec une femme qui ne t'aime pas…

— Pas plus que tu n'apprécierais de vivre aux côtés d'un homme qui n'a aucun sentiment pour toi, admit-il d'un ton sec. Mais l'autre solution que je t'offre est encore moins agréable. Que dirais-tu de te lancer dans une longue bataille judiciaire pour la garde de Toby ?

Bella en eut le souffle coupé. Il venait de mettre des mots sur son pire cauchemar… Et il lui suffisait de voir l'expression implacable de Gabriel pour comprendre qu'il ne plaisantait pas.

Elle prit une profonde inspiration.

— Très bien, Gabriel, je vais réfléchir…

Il ricana, diabolique.

— Je ne te demande pas de réfléchir, Isabella. Je n'ignore pas ton intention de quitter le territoire américain dès demain, en emmenant Toby, comme cela était prévu avec tes parents. J'exige donc que tu me donnes ta réponse avant de quitter cette maison, ce soir.

— Tu auras ma réponse quand je serai prête à te la donner, et pas avant !

Mais malgré son attitude bravache, Bella se sentait acculée, prise au piège. A quoi bon se mettre en colère ? Ne savait-elle pas d'ores et déjà quelle serait sa réponse ?

Avait-elle le choix ?

6.

— Est-ce que je te verrai demain, papa ?

Debout au pied du lit où elle venait de border son fils, Bella sentit sa gorge se nouer. Elle se tourna vers Gabriel, assis près du petit garçon. Quelle serait sa réponse ?

Elle ne pouvait ignorer le plaisir que Toby avait pris avec son père et son grand-père tout au long de cette journée.

Ils avaient passé l'essentiel de la matinée dans le jardin, où Gabriel avait joué au ballon avec son fils.

De loin, installée sur une chaise longue, Bella avait suivi leurs jeux, perdue dans ses pensées. A vrai dire, une seule occupait son esprit : devait-elle céder à l'insistance que Gabriel mettait à vouloir l'épouser ?

Le reste de la journée avait été consacré à une visite aux vignobles de la famille Danti, suivie d'un délicieux dîner dans un restaurant de poisson au bord de l'océan.

A chaque instant, Gabriel s'était merveilleusement comporté avec Toby.

Il était indéniable qu'il aimait déjà son fils, avec la même passion que Bella avait pour ce dernier.

Et Toby aimait également son père.

A les voir ainsi, tous deux, aussi semblables, à côté l'un de l'autre, Bella ne put s'empêcher de penser qu'elle menait une guerre perdue d'avance. En découdre avec

Gabriel dans cette affaire serait une perte de temps, et lui vaudrait trop de souffrances.

Celui-ci darda sur elle un regard indéchiffrable.

— Cela dépendra peut-être de maman, fiston, murmura-t-il.

— T'es d'accord, maman ? interrogea Toby avec enthousiasme.

Bella prit une petite inspiration.

— On verra, finit-elle par répondre sans s'engager.

Toby lança à Gabriel un coup d'œil complice.

— D'habitude, ça veut dire oui, affirma-t-il.

— Tu es sûr ? demanda Gabriel, en observant Bella d'un œil moqueur.

— Cela veut dire qu'on verra, insista-t-elle. Maintenant, il est grand temps de dormir.

Une nouvelle fois, elle borda Toby, puis déposa un baiser sur son front.

— Ga… papa et moi serons dans la pièce à côté, reprit-elle. Tu peux appeler si tu as besoin de quelque chose.

Toby lui passa les bras autour du cou, et l'étreignit.

— On a passé une bonne journée, hein, maman ?

Avec émotion, Bella contempla le petit visage radieux de son enfant.

Pouvait-elle prendre le risque de compromettre ce bonheur sans nuages, en exposant Toby au traumatisme qu'il ne manquerait pas de subir s'il se retrouvait l'objet d'une querelle judiciaire entre ses parents ? Peut-être même aurait-il à choisir entre sa mère, avec laquelle il avait toujours vécu, et son père, qu'il commençait déjà à aimer ?

Avait-elle le droit de lui imposer cela ? Certainement pas !

— Une délicieuse journée, répondit-elle gaiement, avant de l'embrasser une dernière fois.

A son tour, Gabriel s'approcha pour dire bonne nuit à l'enfant.

Il le serra dans ses bras, en songeant que ce petit être représentait désormais ce qu'il avait de plus cher au monde. Et qu'il entendait bien que cela dure toute sa vie.

— Dors bien, mon fils, dit-il en desserrant son étreinte.

— Tu me promets que tu reviendras demain ? le relança Toby avec un regard anxieux.

Il n'avait certainement pas entendu le sanglot étouffé qui s'était échappé de la gorge de sa mère, mais Gabriel l'avait clairement perçu.

— Je serai là demain matin, rassura-t-il son fils.

Quels que puissent être les efforts que cela lui demanderait, il était bien décidé à être présent dans la vie de Toby tous les matins à venir.

— Cela ne te dérange donc pas que je n'aie aucune envie de devenir ta femme ? lança Bella, bravache, dès qu'ils eurent regagné le salon.

Gabriel écarta cette objection d'un geste désinvolte. Cela le dérangeait, bien sûr, mais du moins n'avait-il plus le moindre doute sur l'attirance que Bella éprouvait à son égard.

— Pas particulièrement, répliqua-t-il.

Pendant quelques instants, Bella darda sur lui un regard plein de colère. Puis elle laissa échapper un soupir de résignation.

— C'est d'accord, Gabriel. J'accepte de t'épouser…

— Je m'attendais à cette décision, murmura Gabriel en traversant la pièce pour aller s'installer dans un fauteuil.

— Si tu veux bien me laisser finir…

— Je t'en prie.

Gabriel s'assit confortablement. Il pouvait bien se

montrer magnanime, maintenant qu'il avait gagné la partie la plus ardue du combat.

— Eh bien, j'accepte, reprit Bella, mais à certaines conditions.

Le flegme qu'elle affichait lui laissa soupçonner que ces exigences ne seraient pas de son goût.

— Lesquelles ? questionna-t-il en plissant les yeux.

— Tout d'abord, je veux continuer à vivre en Angleterre.

— Ce ne sera pas un problème incontournable. Il suffit que je prenne la direction de nos bureaux londoniens.

Gabriel se garda bien de lui dire qu'il avait envisagé cette perspective dès l'instant où il avait songé à l'épouser. Confier la gestion des vignobles à un homme sûr se ferait sans mal. Et les affaires de la famille Danti étaient implantées sur une bonne partie de la planète.

— Ma seconde requête, reprit Bella, est que ce soit moi qui décide où Toby suivra sa scolarité.

— A condition que l'école d'Eton et l'université de Cambridge fassent partie de tes choix. Cela fait plusieurs générations que les Danti y sont éduqués.

— Je n'ai pas l'intention d'envoyer mon fils en pension. Je souhaite qu'il aille à l'école la plus proche de chez nous.

— Eh bien, nous trouverons à loger autour d'Eton, pour qu'il puisse en suivre les cours tout en étant externe.

Bella contint à grand-peine sa fureur. Décidément, Gabriel avait vraiment réponse à tout ! Il n'avait même pas montré le moindre étonnement lorsqu'elle lui avait fait part de sa décision d'accepter sa proposition !

Mais pouvait-on vraiment qualifier de « proposition » ce qui n'était en fait qu'un ordre à peine déguisé.

Cet homme était l'arrogance incarnée !

Tout au long de cette journée, tandis que son fils se faisait gâter par son père et son grand-père, Bella avait étudié les possibilités qui s'offraient à elle.

Il n'y en avait guère !

Un test de paternité ne pourrait que confirmer l'irréfutable ressemblance entre Toby et Gabriel.

De plus, la fortune et le pouvoir des Danti ne lui laissaient pratiquement aucune chance de gagner une bataille juridique contre eux pour la garde de l'enfant.

Par conséquent, la seule carte qui lui restait était de tenir bon sur certaines dispositions, qu'elle entendait voir respecter lorsqu'elle épouserait Gabriel.

— Pour finir, déclara-t-elle d'un ton sec, j'entends que ce mariage n'ait d'existence que sur le papier.

L'expression provocante qu'elle affichait laissa place à un regard inquiet lorsque Gabriel se mit debout.

Il eut un mouvement de tête réprobateur.

— Tu te rends bien compte que cela ne sera pas possible, n'est-ce pas ?

Bella serra les dents. Jamais elle n'aurait dû répondre à ses avances comme elle l'avait fait le matin même ! Elle s'en était fait l'amer reproche tout au long de la journée. Rien que d'y penser, elle avait envie de rentrer sous terre, mortifiée. Aucun homme ne lui avait fait ainsi perdre le contrôle d'elle-même. En tout cas, jusqu'à ce qu'elle rencontre Gabriel…

C'était bien la raison pour laquelle il lui paraissait indispensable de poser cette condition ! Rien ne saurait être pire que d'être l'esclave des désirs qu'il faisait naître en elle.

Même en cet instant, où le sentiment d'être prise au piège exacerbait sa fureur, elle ne pouvait s'empêcher d'être troublée par sa présence. Il était tellement sexy dans cette chemise noire et ce jean ! Comment aurait-elle pu oublier le contact de sa peau sous ses paumes, les sensations qu'il avait éveillées en elle ?

Il était hors de question que ce besoin irrépressible qu'elle avait de lui domine sa vie et ses émotions !

— Si tu ne te plies pas à cette dernière demande, je ne pourrai jamais ne serait-ce qu'envisager ce mariage, affirma-t-elle en se redressant fièrement.

Soudain, Gabriel douta. Fallait-il croire la détermination qu'il lisait dans ses yeux ? Etait-elle sérieuse ?

Cela semblait incroyable !

Ne s'était-elle pas enflammée sous ses caresses ?

Pouvait-elle imaginer vivre à ses côtés jour après jour — et surtout nuit après nuit… — sans céder aux exigences de la passion qui les animait tous les deux ?

— Tu veux donc que Toby grandisse sans frères et sœurs ? demanda-t-il d'un ton cassant.

Bella haussa les épaules.

— C'était, de toute façon, le destin auquel il était promis.

Gabriel scruta minutieusement son visage.

— Tu es une belle femme, Isabella. Si nous ne nous étions pas retrouvés, tu aurais un jour ou l'autre épousé un homme qui t'aurait donné d'autres enfants.

— Non, répliqua catégoriquement Bella. Il y a longtemps que j'ai pris ma décision : donner à Toby un beau-père qui ne l'aurait peut-être pas accepté comme son propre enfant était inenvisageable.

Gabriel serra les poings. La seule idée qu'un autre que lui eût pu se croire des droits sur Toby, ou Bella, fit monter en lui une rage sourde.

Tous deux lui appartenaient.

A lui, et à lui seul !

— Très bien, finit-il par dire. J'accède à ta demande…

— Je n'en doutais pas, répliqua ironiquement Bella, parodiant l'arrogance de Gabriel.

— A ton tour de me laisser finir, rétorqua-t-il. J'y consens, mais cette clause doit pouvoir être invalidée à n'importe quel moment. Par toi, bien sûr.

— C'est-à-dire ?

Un sourire moqueur se dessina sur le visage de Gabriel.

— Tout simplement, que je me réserve le droit de te... *convaincre*, dirons-nous, d'y renoncer.

Bella s'assombrit. Ainsi, il ne désespérait pas de parvenir à la faire changer d'avis, en faisant assaut de charme et de séduction... Il essayait de la battre à son propre jeu. Serait-elle capable d'y résister, en sachant qu'ils allaient cohabiter ?

Mais avait-elle un autre choix que de se mettre elle-même à l'épreuve ?

— Tu as profité d'un effet de surprise, tout à l'heure, affirma-t-elle crânement. A l'avenir, je saurai être sur mes gardes.

Gabriel ne put s'empêcher d'admirer son air résolu.

— Par contre, je ne permettrai pas qu'il y ait d'autres hommes dans ta vie, Isabella, asséna-t-il d'un ton sans appel.

— Prévois-tu de te plier à la même règle ?

Une lueur malicieuse brilla dans l'œil de Gabriel.

— Je n'ai jamais eu le moindre goût pour...

— Tu sais très bien ce que je veux dire !

— Il n'y aura pas d'autre femme que toi dans mon lit, Isabella.

— Je n'ai aucune intention de partager ton lit !

Gabriel laissa un sourire sardonique ourler ses lèvres. Libre à Bella de se cramponner à l'idée qu'ils feraient lit à part. De son côté, il avait tout autre chose en tête...

— A mon tour de fixer mes dispositions, dit-il d'une voix sourde.

Les yeux de Bella s'agrandirent sous l'effet de la surprise.

— Tu veux m'imposer des conditions ?

— Je ne vais quand même pas te laisser tout mener à ta guise !

— Ce n'est pas franchement le cas ! Je te rappelle que tu m'obliges à accepter cette union.

— Tu as le choix de refuser.

— Comme si c'était envisageable !

Bella laissa échapper un long soupir de frustration. Il était temps que cette discussion se termine ! Elle se sentait si meurtrie, si fatiguée. Si seulement Gabriel pouvait lui laisser un peu de temps pour panser ses plaies.

Pour s'habituer à l'idée de devenir la femme de Gabriel Danti.

Comme les choses auraient été différentes s'il lui avait fait cette proposition cinq ans plus tôt ! Elle n'aurait pas hésité une seconde à accepter, alors.

Tant faire l'amour avec Gabriel avait été une expérience bouleversante.

Tant elle était amoureuse — un vrai coup de foudre.

Au lieu de cela, ils étaient en train de se résoudre à un mariage d'intérêt, avec aussi peu de romantisme que s'ils concluaient une transaction financière.

Pour le bien de Toby, se souvint-elle. Ce qui l'empêcha in extremis d'envoyer au diable Gabriel et ses tractations.

— Eh bien, reprit-elle. Puis-je savoir quelles sont tes conditions ?

Au lieu de répondre, il s'approcha d'elle. Presque à la toucher.

Bella lui décocha un regard circonspect et enfonça ses ongles dans la paume de ses mains, comme pour mieux contrôler ses réactions.

La chaleur qui émanait de Gabriel, l'odeur de sa peau, les pépites d'or qui scintillaient dans ses pupilles, tout cela la mettait suffisamment en émoi pour qu'elle se méfie d'elle-même.

— Qu'attends-tu de moi ? insista-t-elle d'un ton sec.

Comme si cela ne suffisait pas, il arborait un sourire entendu, qui ne la rassurait nullement. Au contraire…

— Ce que j'attends de toi ? En ce moment ?

— Je parle de tes conditions, Gabriel, s'empressa-t-elle de préciser.

Car la flamme qui brûlait dans les yeux de Gabriel était des plus explicites : elle n'avait pas le moindre doute sur ce qu'il attendait d'elle en cet instant.

— Ah oui, bien sûr ! murmura-t-il. Ce que je te demande, Isabella, c'est de laisser croire à tout le monde que nous contractons un mariage d'amour. C'est une condition indispensable pour préserver l'harmonie de nos deux familles. Et leur tranquillité d'esprit.

Abasourdie, Bella resta un instant bouche bée.

— Tu veux dire que je dois faire semblant d'être amoureuse de toi ? fit-elle enfin.

— En public seulement, précisa Gabriel. En privé, il suffit que je voie à quel point tu me désires ; là, je sais que tu ne peux pas faire semblant.

Bella le fusilla du regard.

— Espèce d'arrogant fils de…

— Attention, Isabella ! coupa-t-il, véhément. Je ne saurais tolérer que tu insultes ma mère.

— Mes injures ne s'adressent pas à ta mère mais à *toi* !

Bien loin de se sentir offensé, Gabriel vibra de désir. Epouser Isabella promettait bien des satisfactions. De tous ordres !

Il se remémora la jeune fille rencontrée cinq ans auparavant. Elle avait la fragile beauté d'une fleur qui se serait ouverte à la moindre de ses caresses.

Aujourd'hui, cette fleur avait atteint son plein épanouissement. La maternité et le succès avaient fait d'Isabella Scott une femme bien plus complexe.

Et infiniment plus désirable…

— Alors, la pressa-t-il, tu acceptes ?

Elle lui lança un regard plein de ressentiment.

— Tout autant que tu souhaites épargner ton père, je tiens à éviter de chagriner ma famille. Je n'ai pas l'intention qu'ils se posent des questions sur ma décision de t'épouser. Par conséquent, je ferai tout mon possible pour leur laisser penser que, si je m'engage, c'est parce que je le veux.

— C'est bien, murmura Gabriel en posant sa paume sur la courbe délicate de la joue de Bella.

Aussitôt, elle se raidit. Puis s'écarta brusquement.

Gabriel retira sa main.

— Personne ne te croira si tu réagis ainsi chaque fois que je t'approche ! lança-t-il d'un ton rogue. Il faudra que tu fasses un sérieux effort pour être plus convaincante.

— Je le ferai le moment venu !

Il n'était guère difficile de déchiffrer la lassitude sur les traits de Bella. Ni l'acceptation d'une défaite qu'elle ne cherchait même plus à cacher. Gabriel porta la main à sa cicatrice, un réflexe qu'il avait lorsqu'il était perplexe.

Certes, il venait de gagner une bataille : Bella s'était résolue à l'épouser. Ce faisant, elle garantissait également à Gabriel qu'il pourrait exercer pleinement son droit de paternité.

Pourtant, il ne tirait aucune gloire de cette victoire.

Ne risquait-elle pas de mettre en péril un éventuel succès à venir, bien plus décisif pour lui ?

7.

— Tu fais une mariée éblouissante, Bella !

Les yeux pleins de larmes, Claudia eut un sourire radieux tandis qu'elle s'écartait pour admirer sa sœur, après l'avoir aidée à arranger son voile.

Debout devant le miroir en pied de la chambre où elle avait passé toute son enfance, Bella fixa d'un air hébété cette inconnue qui lui faisait face, dans sa somptueuse robe de satin et son voile de dentelle.

Comment imaginer que cinq semaines à peine s'étaient écoulées depuis qu'elle avait dit oui à Gabriel ? Et voilà qu'elle se préparait à partir à l'église, où elle deviendrait Mme Gabriel Danti.

Seigneur !

— Ne me dis pas que tu doutes, au moment d'épouser un homme aussi fabuleux que Gabriel ? se moqua Claudia, qui avait perçu son trac.

— Mais non, bien sûr, se força-t-elle à répondre d'un air enjoué. Va dire à papa que j'arrive.

Elle attendit que sa sœur ait quitté la pièce pour se tourner de nouveau et observer son reflet dans la glace. Quel sens cela aurait-il de se laisser aller aux doutes qui l'assaillaient ? C'était bien trop tard !

Gabriel avait mené tambour battant les démarches lui permettant de reconnaître Toby, qui s'appelait désormais Tobias Danti.

Tout comme elle-même abandonnerait sous peu le patronyme de Scott pour prendre celui de son époux.

Isabella Danti… Elle avait tant de mal à se reconnaître dans ce nom ! D'ailleurs, depuis qu'ils avaient annoncé leurs fiançailles à leurs deux familles ravies, il lui avait été difficile de se reconnaître tout court.

Et c'était encore pire aujourd'hui !

Qui était donc cette jeune femme dans le miroir, qui lui ressemblait sous son voile de dentelle mais n'avait pas la moindre étincelle de joie dans le regard ?

Bella avait traversé les cinq semaines entre le séjour à San Francisco et le jour fixé pour la noce dans un état d'hébétude, dont elle se forçait à émerger chaque fois qu'il lui fallait donner le change sur ses sentiments pour Gabriel — ainsi qu'elle s'était engagée à le faire.

Mais chaque fois qu'elle se trouvait en sa présence, un trouble douloureux prenait naissance au tréfonds d'elle-même. Comme en cet instant, où elle allait le rejoindre pour devenir sa femme.

Elle n'aurait pu être plus malheureuse !

Sous les adieux chaleureux de leurs invités, ils avaient quitté la noce dans la voiture de sport noire conduite par Gabriel.

— Où m'emmènes-tu ?

— En lune de miel, bien sûr !

Bella se tourna brusquement sur son siège pour regarder celui qui était désormais officiellement son mari.

— Quelle lune de miel ? Nous n'avons jamais évoqué rien de tel !

Gabriel réprima un sourire. Effectivement, lui seul savait qu'ils partaient en direction du terrain d'aviation où les attendait son jet privé, prêt à décoller.

— Je savais trop bien quelle serait ta réaction. C'était un secret entre Toby et moi.

— Qu'est-ce que Toby vient faire là-dedans ?

— C'est lui qui m'a demandé, il y a quelque temps, où nous allions en voyage de noces. Comme il me l'a dit alors, c'est normal pour des jeunes mariés d'en faire un.

Bella sentit ses joues s'empourprer.

— Tu aurais dû lui expliquer que…

— Lui expliquer quoi ? Que ses parents vont se marier, mais qu'ils ne s'aiment pas ? Que sa mère n'a pas le moindre désir de passer du temps seule avec son père ?

Bella, soupira. Evidemment, présenté sous cet angle…

Au cours des semaines passées, ils s'étaient employés à convaincre Toby qu'ils allaient, tous les trois, constituer une famille heureuse.

Apparemment, ils avaient réussi. Et pour son fils, aller en voyage de noces était exactement ce que de « vrais » parents tout juste mariés devaient faire…

— Je n'ai pas pris de vêtements…

— Claudia s'est occupée de tout. Elle a préparé ta valise et l'a mise dans le coffre de la voiture.

Ainsi, c'était ce que voulait dire cette lueur malicieuse qu'elle avait vue briller dans le regard de sa sœur ! Avec un grand soupir, Bella retira les épingles qui retenaient son voile puis le jeta sur la banquette arrière.

Elle avait l'impression que sa tête allait exploser.

Cette journée avait été la pire qu'elle eût jamais vécue.

Cela avait commencé dès le matin par une discussion entre son père et elle, dans la cuisine où il buvait déjà son café lorsqu'elle était descendue, à six heures et demie.

A peine Bella s'était-elle assise en face de lui qu'il lui avait fait part du souci que ce mariage leur causait, à lui et à sa femme. De sa voix douce, il l'avait assurée qu'il était encore temps de revenir sur une décision aussi hâtive. L'important, avait-il dit, était de savoir si elle pensait être heureuse avec Gabriel. La joie de Toby n'était certainement pas un argument suffisant pour contracter un lien qu'elle pourrait regretter.

Bella avait eu tant de mal à lui mentir qu'elle sentait les larmes lui monter aux yeux au seul souvenir de cette scène.

— Eh bien, puis-je savoir où tu as décidé que nous ferions ce voyage ?

En percevant la lassitude dans la voix de Bella, Gabriel serra les lèvres. Elle ne tâchait même pas de dissimuler à quel point elle avait vécu cette journée comme une véritable épreuve.

Pourtant, comme elle était belle dans cette robe, remontant la nef au bras de son père pour le rejoindre au pied de l'autel ! Une apparition éblouissante, dans un nuage de tulle immaculé. Mais qui avait bien pris garde à ne jamais croiser son regard. Qui avait répondu d'une voix hésitante au moment de prêter serment. Dont la main glacée tremblait lorsqu'il avait passé l'alliance à son annulaire.

Et c'était sur des lèvres obstinément closes que Gabriel avait déposé un baiser après que le prêtre les avait unis.

Bella ne s'était un peu détendue que lorsqu'ils avaient redescendu la nef en souriant à leurs invités.

— Nous partons dans ton île des Caraïbes, expliqua-t-il.

— Tu veux dire dans *ton* île ? rectifia Bella.

— Non. C'est bien la tienne. C'est mon cadeau de mariage.

Si Gabriel n'avait pas été aussi frustré par l'attitude distante de Bella, il aurait certainement mis plus de délicatesse dans son annonce. En fait, il avait eu l'intention de lui faire la surprise de ce cadeau une fois qu'ils seraient parvenus à destination.

Abasourdie, Bella ne pouvait détacher les yeux du profil de Gabriel. Elle fronça les sourcils.

— Mais enfin, c'est insensé ! finit-elle par lancer. Tu te rends compte que je ne t'ai offert qu'une paire de boutons de manchettes ?

Et encore, c'était bien parce que Claudia avait insisté pour qu'elle achète un cadeau à l'intention de Gabriel. Mais que pouvait-on offrir à un homme qui possédait déjà tout ?

— Ce n'est qu'une toute petite île, tu sais, se défendit-il. Et puis tu m'as offert bien plus que cela, Isabella : tu m'as donné un fils.

— Seigneur ! s'exclama Bella d'une voix moqueuse. La bague au doigt et une île dans les Caraïbes contre un fils... Et si cela avait été une fille, à quoi aurais-je eu droit ? A une pension alimentaire et une demande de droit de visite tous les six mois ?

Les muscles de la mâchoire de Gabriel jouèrent nerveusement sous sa peau.

— Une fille aurait eu autant de valeur pour moi qu'un fils. Pourquoi prends-tu autant de plaisir à m'agresser ?

Pourquoi ? Bella se mordit l'intérieur de la joue pour ne pas exploser. Tout simplement parce qu'elle était en colère !

Contre Gabriel, qui l'avait forcée à accepter ce mariage.

Contre elle-même, pour s'être laissé convaincre.

En colère aussi parce qu'elle n'avait pas pu s'empêcher de le trouver sublime quand elle l'avait vu au pied de l'autel, dans sa jaquette noire et sa chemise blanche.

Et, par-dessus tout, parce qu'elle n'avait pas réussi à maîtriser l'émotion qui vibrait dans sa voix en prononçant ses vœux. Ni à ne pas trembler au contact de ses doigts quand ils avaient échangé les alliances.

C'était pour tout cela, et bien plus encore, que Bella frémissait d'une telle colère.

— Pardonne-moi, soupira-t-elle. Ç'a été une longue et pénible journée.

— Pour tous les deux.

— C'est vrai.

Un coup d'œil suffit à Bella pour voir que Gabriel était aussi tendu qu'elle. Deux plis sévères encadraient sa bouche, et son teint mat cachait mal une pâleur inhabituelle.

Comme tout aurait été différent si Gabriel n'avait pas été amoureux d'une autre quand ils s'étaient rencontrés…

Comme cette journée aurait été différente s'ils s'étaient mariés par amour, et non dans le seul but d'assurer le bonheur de leur petit garçon.

Elle déglutit avec difficulté.

— J'aimerais me reposer un instant, enchaîna-t-elle. Si cela ne te dérange pas, nous reprendrons cette discussion plus tard.

Gabriel lui lança un regard ; elle avait déjà fermé les yeux.

Il réprima un juron. Lui aussi aurait eu bien besoin de prendre un peu de repos ! Les cinq semaines précédant leur mariage avaient été tout aussi éprouvantes pour lui que pour Bella.

Si elle avait réussi à donner le change en public, et à laisser croire à tous qu'elle était tout à fait heureuse, elle avait adopté une attitude bien différente dès qu'ils s'étaient retrouvés en tête à tête.

Chaque fois qu'il avait tâché d'aborder la question des préparatifs de la noce, elle s'était montrée évasive et indifférente.

Le pire avait été le soin qu'elle avait mis à éviter tout contact avec lui… Si elle avait cherché à le punir de l'avoir contrainte à cette union, elle ne s'y serait pas prise autrement ! Et maintenant ce silence obstiné, cette aversion presque palpable…

*
* *

Le jet privé était aménagé avec le plus grand luxe. Bella s'assit dans la somptueuse cabine sans rien montrer de ses émotions.

— Eh bien, lança-t-elle d'un ton détaché, on peut dire que ton père et toi pratiquez l'art de voyager confortablement.

Pour la première fois, elle prenait vraiment conscience de la fortune et du pouvoir de la famille Danti.

A peine eurent-ils décollé qu'un steward vint déposer, sur une table basse entre les sièges moelleux, une bouteille de champagne et deux flûtes, qu'il remplit avant de s'éclipser.

La seule vision de ces verres suffit à rappeler douloureusement à Bella la première nuit passée avec Gabriel. Souvenir des plus inopportuns étant donné les circonstances !

Depuis leur rencontre à San Francisco, elle ne s'était jamais retrouvée véritablement seule avec lui. Et la perspective de passer cinq jours en sa compagnie sur une île — *son* île ! — mettait ses nerfs à rude épreuve.

Le coup d'œil qu'elle lança vers lui ne la rassura guère. Gabriel posait sur elle un regard d'une intensité qui la retint captive. Elle n'eut d'autre solution, pour échapper au sortilège de ces beaux yeux bruns, que de tourner brutalement la tête.

— Je… je voudrais quitter cette robe, dit-elle en se levant.

— Ce serait préférable, en effet, murmura Gabriel d'une voix rauque.

Bella fronça les sourcils en le voyant se dresser à son tour. Une fois dépliée son impressionnante stature, l'espace de la cabine sembla se rétrécir instantanément.

— Peut-être auras-tu besoin d'un peu d'aide ? proposa-t-il avec un sourire railleur.

Effectivement, la robe, coupée dans le style des vêtements médiévaux, avait de longues manches de dentelle si étroites que défaire seule la fermeture Eclair dans son dos lui serait quasiment impossible. Bella avait d'ailleurs toujours été assistée par Claudia lorsqu'elle la passait.

Mais la simple idée de sentir les mains de Gabriel se poser sur elle suffisait à réduire à néant le peu de sang-froid qu'il lui restait.

— J'arriverai à me débrouiller, merci, répondit-elle d'une voix blanche en tournant les talons.

— J'ai besoin de me mettre à l'aise, moi aussi, insista Gabriel.

Avant même que Bella n'ait atteint la porte de la cabine arrière, il l'y avait précédée, et la lui tint ouverte.

Elle leva vers lui un regard perplexe.

A voir la lueur de défi qui brillait dans ses yeux, Gabriel n'avait aucune intention de se déclarer vaincu.

— Très bien, fit-elle en adoptant un ton désinvolte.

Mais, lorsqu'elle se retrouva dans ce qu'elle avait pensé n'être qu'une simple cabine, elle se figea brutalement.

Au milieu de ce qui était en réalité une chambre luxueuse trônait un immense lit aux draps de satin doré.

Gabriel ne put dissimuler son amusement à voir Bella aussi décontenancée.

Mais la surprise fit vite place chez elle à la colère.

— J'espère que tu ne comptes pas ajouter mon nom à la longue liste des femmes que tu as séduites en ces lieux, s'indigna-t-elle.

Cette attaque délibérée fit perdre tout son humour à Gabriel.

— Tu es une vraie langue de vipère ! siffla-t-il entre ses dents serrées.

Bella haussa un sourcil moqueur.

— Il est trop tard pour avoir des regrets, Gabriel. Je te rappelle que nous nous sommes mariés tout à l'heure.

— Oh, tu n'as pas besoin de me le rappeler ! Mais

peut-être serait-il temps que je te rafraîchisse aussi la mémoire ?

Lentement, il referma la porte derrière lui.

La détermination qu'elle lut dans son regard fit reculer Bella d'un pas.

— Je suis très sérieuse, Gabriel, protesta-t-elle. Tu ne m'ajouteras pas au nombre de tes conquêtes…

— Mais j'étais, moi aussi, on ne peut plus sérieux lorsque je t'ai dit que je me réservais le droit de te faire changer d'avis quand tu parlais de mariage blanc.

Il avança d'un pas, et Bella ouvrit des yeux affolés.

— Pas ici…

— Ici ou ailleurs…

A peine quelques centimètres les séparaient maintenant l'un de l'autre, et Gabriel pouvait voir la veine qui palpitait à la base du cou de Bella, et le tremblement de ses lèvres sensuelles. Cette bouche entrouverte, aux courbes si attirantes, était une invitation à laquelle il n'entendait pas résister.

— Tourne-toi, Isabella, murmura-t-il d'une voix sourde, que je dégrafe ta robe.

— Il n'en est pas…

Sa tentative de protester mourut sur ses lèvres quand Gabriel se glissa derrière elle et entreprit de faire très doucement descendre la fermeture à glissière le long de son dos.

Bien malgré elle, Bella se cambra, et un frisson de plaisir la parcourut tout entière lorsqu'il écarta les pans de tissu pour poser délicatement ses lèvres brûlantes sur son épaule dénudée.

Instantanément, le désir gronda en elle comme un orage.

Un tourbillon d'émotions la submergea tandis qu'il passait la langue sur sa peau en une caresse langoureuse.

Elle avait beau s'en défendre, il lui était impossible

d'ignorer à quel point elle avait envie de cet homme. Avec une folle passion, qu'elle n'avait pu maîtriser qu'en prétendant lui être complètement indifférente au cours des semaines qui avaient précédé leur union.

Mais le souffle chaud qu'elle sentait sur sa nuque craquelait inexorablement le vernis de froideur sous lequel elle avait masqué ce désir qui la consumait.

Elle appuya la tête contre l'épaule de Gabriel lorsqu'il passa les mains sous sa robe, pour les refermer sur sa taille. Puis il remonta jusqu'à ses seins nus, qu'il emprisonna dans ses paumes.

La sensualité de ses caresses lui fit plaquer ses doigts contre ceux de Gabriel. Sous l'étoffe, il titilla ses mamelons gonflés, lui arrachant un cri de plaisir.

Le corps tendu comme un arc, Bella haletait, au bord des sanglots, tandis que Gabriel laissait errer ses lèvres humides le long de son cou, sans interrompre la délicieuse torture à laquelle il soumettait ses tétons.

— Gabriel… Gabriel, s'il te plaît…, gémit-elle quand la sensation affolante de son sexe durci plaqué contre son dos fit voler en éclats les derniers vestiges de son sang-froid.

— Non, Bella. Pas encore, murmura-t-il d'une voix étouffée.

Il avait beau trembler de la même irrésistible fièvre qu'elle, Gabriel savait qu'ils avaient de longues heures de vol devant eux ; et il entendait en profiter pour satisfaire les moindres fantasmes de Bella.

Tout comme il espérait qu'elle satisferait les siens…

Lui ôter sa robe de satin immaculé était une vision qui l'avait tenu éveillé pendant de nombreuses nuits tant il avait anticipé ce moment.

Bella poussa un gémissement de protestation lorsqu'il retira lentement ses mains de sous l'étoffe.

Elle retint sa respiration lorsqu'il entreprit de faire

glisser le vêtement de ses épaules, jusqu'à le laisser tomber à ses pieds.

Gabriel s'émerveilla de sa beauté. Elle se tenait là, les paupières à demi fermées sur ses prunelles violettes, les lèvres entrouvertes, offerte à ses regards, vêtue seulement d'une petite culotte de dentelle et de bas blancs.

Lorsqu'il referma de nouveau ses paumes sur les seins de Bella et reprit ses caresses sur les mamelons rosés, elle ne put retenir une exclamation.

— Oh, oui, Gabriel ! Oui, encore…

Il l'attira à lui, pour promener ses lèvres tout le long de son cou, de la gorge au lobe de son oreille, qu'il mordilla.

Sans cesser d'agacer cet endroit si sensible, il laissa sa main descendre jusqu'à la taille souple de Bella, puis plus bas jusqu'à la toison brune que laissait entrevoir le lacis ajouré de sa culotte.

De ses longs doigts, il alla découvrir le tendre bouton, entre les délicats pétales de sa fleur secrète, pour le titiller doucement.

Il savait pouvoir lui donner un plaisir qui la laisserait pantelante ; elle le supplierait pour qu'il la mène à l'extase que tout son corps réclamait avidement.

Une plainte sourde monta de la gorge de Bella, et elle écarta les jambes en une invite implicite.

Elle était si prête à le recevoir que ses doigts pénétrèrent sans peine la chaude moiteur de sa féminité, lui prodiguant des caresses de plus en plus profondes, de plus en plus fougueuses.

— Ne t'arrête pas, Gabriel, je t'en prie, gémit-elle en accélérant le mouvement de ses hanches.

— Laisse-toi aller, Bella, souffla-t-il contre sa gorge. Donne-toi, *cara*.

— Oui… Oh oui… Oh, mon Dieu…

Le souffle court, ondulant contre la main de Gabriel,

Bella sentit monter en elle une jouissance qui finit par la projeter dans un autre monde, tandis que, vague après vague, une inouïe volupté la terrassait.

Une succession d'orgasmes foudroyants la jetèrent, à bout de forces, contre Gabriel.

— Seigneur…, lâcha-t-elle dans un sanglot, tout en s'effondrant dans ses bras.

8.

Petit à petit, Bella émergea des brumes du sommeil. Un peu déroutée, elle parcourut du regard cette chambre inconnue.

Puis, tout lui revint.

Pas seulement l'endroit où elle se trouvait, mais tout ce qui s'était passé depuis qu'elle était entrée dans la pièce.

Elle enfouit le visage dans les oreillers, honteuse.

Tout son corps fourbu lui rappelait les caresses de Gabriel.

Qu'était-il advenu de sa volonté forcenée de ne pas lui céder ?

Leur avion n'avait même pas quitté l'espace aérien britannique que, déjà, elle avait oublié toutes ses résolutions !

En entendant la poignée tourner lentement, elle se tourna brusquement vers la porte. Méfiante, elle observa Gabriel, qui venait d'entrer. Il s'était changé et avait passé un polo de couleur crème et un jean. Il avait l'air toujours aussi sûr de lui. Pas étonnant après qu'elle se fut pratiquement évanouie sous les assauts successifs du plaisir qu'il lui avait procuré.

Elle s'en voulait tellement…

— Si tu es venu pour te pavaner…, lança-t-elle, agressive.

— Non. Simplement voir si tu étais réveillée. Nous

atterrissons dans quelques instants. Il serait peut-être temps que tu t'habilles…

Effarée, Bella prit conscience que, sous le drap, elle ne portait rien d'autre que sa petite culotte et ses bas. Gabriel, lui, ne s'était pas dévêtu pendant qu'il… Pendant quoi ? *Qu'il lui faisait l'amour ?* Il ne pouvait être question d'amour entre eux !

Non. Il n'avait fait qu'apaiser un besoin physique qui la tenaillait. Ce qui s'était passé entre eux n'était rien de plus qu'un rapport sexuel — quelle horrible expression !

— Très bien. Merci, se contenta-t-elle de répondre laconiquement.

Gabriel s'efforça de contenir son exaspération face à l'attitude de Bella. Certes, la connaissant, il ne s'était pas attendu à ce qu'elle lui tombe dans les bras à son réveil. Mais de là à le soupçonner d'être venu parader devant elle sous prétexte qu'il avait vaincu ses défenses, c'était un peu fort !

Le visage fermé, il traversa la cabine et vint se planter près du lit. Il lui lança un regard courroucé.

— Ce n'est pas après moi que tu es en colère, Isabella.

— Ce n'est pas toi qui vas me dire ce que je ressens !

Gabriel s'assit sur le lit et se pencha sur elle, ignorant les éclaires de fureur qui zébraient le ciel violet de ses yeux.

— Je te rappelle que nous sommes mariés, Isabella. Il n'y a aucune raison que tu sois gênée par ce qui s'est passé entre nous tout à l'heure.

— Je ne suis pas « gênée », je suis furieuse ! Aussi bien après moi qu'après toi !

Pour un peu, Gabriel aurait cédé à la tentation de la prendre par les épaules pour la secouer. Mais il savait que s'il la touchait, en colère ou pas après elle, il ne résisterait pas à l'envie de lui faire l'amour.

Il lui suffisait de voir ses boucles brunes étalées sur

l'oreiller, la moue sensuelle de sa bouche divine, la forme de son corps nu sous le drap, pour déclencher une onde de désir dans tout son corps.

Et le fait qu'il n'ait de son côté pas atteint la jouissance lors de leurs ébats récents l'avait laissé dans un état d'excitation presque douloureux.

Il se leva brusquement. Mettre un peu de distance entre lui et Bella était indispensable. Avant même qu'il ait le temps de parler, Bella attaquait de nouveau :

— Ne compte pas remettre le couvert, Gabriel ! lança-t-elle d'un ton sec.

Décidément, la vie avec Bella ne s'annonçait pas de tout repos…

— L'atterrissage a lieu dans une dizaine de minutes, rétorqua-t-il. Tu ferais mieux de passer un vêtement.

C'était la toute première fois que Bella prenait l'hélicoptère, un moyen de transport qui ne la mettait pas très à l'aise. Son inquiétude augmenta lorsqu'elle se rendit compte que Gabriel piloterait lui-même le gros insecte de verre et de métal. Elle lui jeta un regard suspicieux, tandis qu'il s'installait aux commandes.

— Tu sais vraiment piloter ce genre d'engin ?

— Mais oui, répondit-il avec un sourire moqueur. Tu es parfaitement en sécurité entre mes mains.

Cette raillerie pleine de sous-entendus fit naître une moue offensée sur le visage de Bella. Elle se tourna pour laisser son regard se perdre sur l'immensité azur qui miroitait au soleil, tandis que les pales au-dessus de sa tête commençaient lentement à tournoyer.

Gabriel était certainement un pilote expérimenté, mais son estomac eut bien du mal à se faire aux oscillations de la machine. C'était une expérience dont elle se serait volontiers passée.

Au-dessous d'eux, l'océan limpide laissa transparaître les fonds sablonneux à mesure qu'ils se rapprochaient d'une petite île à la végétation luxuriante, bordée de plages de sable blanc.

La villa qui se dressait en son centre, au sommet d'une colline, était nichée dans un parc aux arbres majestueux et aux buissons semés de fleurs multicolores.

Gabriel fit descendre l'appareil vers une pelouse située à proximité de la maison.

Une fois posé, il se tourna vers Bella, dont le regard disait tout l'étonnement.

— Eh bien, dit-il, qu'imaginais-tu ? Que nous allions habiter dans une cahute au bord de l'eau ? La maison a été aménagée avec tout le confort par le Français qui l'avait fait construire voici quelques années. Mais ici, nous n'aurons pas de domestiques.

L'intérieur était décoré avec simplicité mais avec un goût très sûr. Bella s'émerveilla devant la grande cuisine immaculée du sol au plafond, qui comprenait les appareils ménagers dernier cri.

— Nous avons notre propre groupe électrogène et une réserve d'eau potable, expliqua Gabriel. Je devrais plutôt dire que *tu* as *ton* propre…

Bella l'interrompit.

— Tu veux vraiment dire que tout cela est à *moi* ?

Gabriel opina de la tête.

— Ça te plaît ? questionna-t-il, l'air inquiet.

— Oh, Gabriel, c'est magnifique ! répondit Bella d'une voix frémissante d'émotion. Je… je te remercie !

Elle le fixa un instant, étonnée de retrouver dans celui qui lui faisait face les traits du Gabriel dont elle était tombée instantanément amoureuse cinq ans auparavant. Etait-ce parce qu'il n'avait pas fait couper ses cheveux depuis quelques semaines ? Son visage en paraissait plus doux. Et toujours aussi séduisant…

Brusquement, elle se détourna.

— Mais comment a-t-on amené ici tout le nécessaire pour construire et équiper cette maison ? demanda-t-elle pour masquer le trouble qu'elle ressentait.

— Comme on y apporte la nourriture, expliqua Gabriel en ouvrant la porte du réfrigérateur, qui regorgeait de provisions. Par bateau.

Bella plissa les yeux.

— Tu veux dire que le vol en hélicoptère aurait pu m'être évité ?

Un léger sourire flotta sur les lèvres de Gabriel devant son expression outrée.

— Oui…, admit-il. Mais j'ai pensé que l'arrivée par les airs aurait quelque chose de plus… spectaculaire.

— Oh, indéniablement !

Calmement, Bella déposa son sac sur l'un des plans de travail, puis se dirigea vers le congélateur, dont elle sortit un bac à glaçons.

— Excuse-moi, dit Gabriel, tu dois avoir soif. Il y a des boissons… Mais que fais-tu ?

Sans bien comprendre, il la regarda prendre dans ses mains une poignée de cubes de glace. Les sourcils froncés, il la vit s'approcher de lui.

— Bella ! s'exclama-t-il, quand elle écarta le col de son polo pour y déverser son chargement.

— Il m'a semblé que tu avais un peu chaud, fit-elle avec une mimique moqueuse.

Sous l'effet de la surprise, et du froid, Gabriel s'était vivement reculé. Il retira son polo du pantalon pour faire tomber les glaçons, qui se brisèrent sur le sol.

— Bon sang, Bella !

Mais sa colère s'évanouit instantanément quand il entendit Bella partir d'un grand rire. Il réalisa alors que c'était la première fois depuis leurs retrouvailles qu'il l'entendait rire sans arrière-pensée.

La gorge nouée par l'émotion, il la regarda s'esclaffer de bon cœur ; ses magnifiques yeux améthyste resplendissaient de franche gaieté, ses dents ravissantes brillaient telles des perles. Bella était vraiment la plus belle femme qu'il ait jamais vue.

— Bon, concéda-t-il d'un ton bourru, j'avais peut-être mérité ça.

— C'est certain, confirma Bella sans une once de remords dans la voix. La prochaine fois, nous viendrons en bateau. C'est d'accord ?

Lorsqu'elle se baissa pour ramasser les morceaux de glace, Gabriel vint l'aider sans mot dire. Pour rien au monde il n'aurait pris le risque de briser cette trêve inattendue.

Et puis, Bella n'avait-elle pas laissé entendre qu'il y aurait une prochaine fois… ?

— Que fais-tu, Gabriel ? fit la voix de Bella derrière lui.

Il jeta à terre son cigare et l'écrasa du talon, avant de se tourner vers sa femme. Elle se tenait debout derrière lui, baignée par la lueur de la lune.

L'atmosphère de trêve née avec l'épisode des glaçons avait perduré tout au long de la soirée.

Après une promenade sur la plage, ils avaient préparé ensemble le repas, qu'ils avaient pris sur la terrasse dominant l'océan — sur lequel miroitait le reflet de la lune.

Puis, sans éprouver le besoin de parler, ils avaient fini la bouteille de vin qu'il avait ouverte pour le dîner.

Il s'était attardé dehors pendant que Bella montait s'apprêter pour la nuit.

Tout en fumant son havane, Gabriel avait repensé à leur relation. Si seulement l'illusion de complicité de cette fin de journée pouvait se prolonger durant toute la semaine qu'ils devaient passer sur l'île !

A la voir ainsi devant lui, dans cette chemise de nuit lilas dont la soie épousait parfaitement ses formes voluptueuses, il savait qu'il n'avait plus qu'une envie : lui ôter le léger vêtement pour lui faire l'amour sans plus attendre.

Or, s'il s'en tenait à ce qu'elle lui avait dit dans le jet, rien ne pourrait être plus fatal à la fragile intimité qu'ils partageaient depuis leur arrivée dans l'île.

Bella étudiait son expression impassible d'un air perplexe.

— Tu… tu ne viens pas te coucher ? finit-elle par risquer d'une voix hésitante.

— Je pensais qu'après cette longue et fatigante journée tu aurais besoin d'un peu de tranquillité, expliqua Gabriel. Je vais rester ici un moment. Je n'ai pas sommeil.

Bella se rembrunit. A vrai dire, ce n'était pas vraiment à prendre du repos qu'elle songeait en posant cette question.

Ainsi donc, elle s'était méprise en imaginant que l'air vibrait entre eux d'un désir inassouvi ?

Dans chacun des regards qu'ils avaient échangés, pourtant, elle avait cru percevoir cette attirance mutuelle, si difficilement répressible.

Mais il semblait que Gabriel n'ait rien perçu de tel. Sinon, il n'aurait pas refusé de l'accompagner se coucher. N'avait-il pas fait la preuve, plus tôt dans la journée, qu'il était capable de vaincre ses défenses où et quand il le voulait ?

Bella réprima une moue de contrariété. Il n'avait apparemment nulle hâte de renouveler l'expérience.

Fallait-il qu'elle soit stupide pour se figurer que les quelques heures de répit qu'ils venaient de connaître étaient la marque d'une entente naissante !

Gabriel n'avait jamais caché qu'il n'était animé que

par une seule idée en lui proposant le mariage : assurer le bien-être de Toby.

Le rouge de la honte lui monta aux joues.

— Tu as raison, Gabriel, mentit-elle, j'ai besoin de me retrouver un peu seule. D'ailleurs, il serait préférable que tu utilises une des autres chambres de la maison pendant la durée de notre séjour ici.

Dans la clarté de la lune, Gabriel scruta intensément l'ovale pâle de ce visage levé vers lui dans une attitude de défi — un défi qu'on lisait aussi dans l'éclat des pupilles aux reflets d'aventurine.

— Ne t'approche pas, Gabriel ! prévint-elle, alors qu'il faisait un pas en sa direction.

Sans se soucier de cette mise en garde, il vint se planter à quelques centimètres d'elle. Dans son regard, elle vit passer des éclairs inquiétants.

Fascinée par le muscle qu'elle voyait jouer sous la balafre livide qui zébrait la joue de Gabriel, Bella sentit sa colère s'évanouir.

Il était si somptueusement beau, avec ses cheveux noirs venant presque caresser ses épaules, ses yeux de braise, et ses vêtements sombres qui ne faisaient qu'ajouter à son charme ténébreux.

Jamais elle n'avait rencontré un homme qui eût la grâce et le charisme de Gabriel.

Jamais un homme ne l'avait troublée comme il le faisait.

Jamais elle n'avait désiré un homme comme elle le désirait.

Qu'allait-elle devenir ?…

Elle déglutit avec peine.

— Tu as raison, Gabriel. Nous avons eu une journée fatigante. Je… je te souhaite… une bonne nuit, bredouilla-t-elle.

Gabriel esquissa une moue goguenarde.

— Ce ne sera certainement pas le cas !

Avec un hochement de tête navré, Bella posa sur lui un regard inquisiteur.

— Nous ne pouvons pas continuer à nous affronter ainsi, Gabriel.

— Le seul moment où ce n'est pas le cas, c'est lorsque nous faisons l'amour. Malheureusement…

Il haussa les épaules.

— Bonne nuit, Isabella, reprit-il. J'essaierai de ne pas te réveiller en venant me coucher.

En revenant à pas lents vers la villa, Bella se dit qu'elle était bien trop fatiguée pour batailler plus longtemps avec Gabriel pour savoir où il devait dormir.

De toute façon, il avait clairement laissé entendre qu'il refusait de s'avouer vaincu.

Cependant, il y avait fort peu de chances qu'elle parvienne à s'endormir en sachant qu'il la rejoindrait à un moment ou à un autre pour partager ce qui était désormais *leur* lit.

Parviendrait-elle un jour à dormir paisiblement avec Gabriel à ses côtés ?

9.

— As-tu déjà fait de la plongée sous-marine, Isabella ?

Ils prenaient leur petit déjeuner dans la véranda, et Bella leva les yeux du toast qu'elle était en train de beurrer.

— Non, jamais.

Ainsi qu'elle l'avait supposé, la nuit qu'ils venaient de passer ne lui avait guère apporté le repos.

Une heure et demie après qu'elle se fut couchée, Gabriel était venu la rejoindre. Elle n'avait pas encore trouvé le sommeil mais avait fait semblant d'être endormie. Gabriel, lui, n'avait pas tardé à avoir la respiration calme du dormeur. Pour autant, cela n'avait pas dissipé la tension qui maintenait Bella éveillée. Il lui avait fallu des heures avant de parvenir à s'assoupir.

Lorsqu'elle avait ouvert les yeux au matin, il était déjà 9 heures. Encore somnolente au terme de cette trop courte nuit, elle avait constaté avec soulagement que Gabriel était déjà debout.

— Est-ce que tu aimerais apprendre ?

Bella mordit dans son toast, agacée. Gabriel avait l'air étonnamment reposé. Vêtu d'une chemisette et d'un pantalon blancs, il affichait une décontraction presque insultante au regard de la mauvaise nuit qu'elle avait passée !

— Pourquoi pas. A condition que tu saches faire preuve de patience.

— Je suis persuadé que tu feras une élève des plus appliquées, la taquina Gabriel.

Il la dévisagea. Il suffisait de voir les plis de fatigue qui encadraient sa bouche, et ses paupières lourdes, pour comprendre que Bella n'avait pas eu son content de sommeil.

Lorsqu'il était monté se coucher, la veille, il n'avait pas été abusé par ses efforts pour lui laisser croire qu'elle dormait. Cependant, il avait choisi de lui donner le change. Après tout, il pouvait déjà s'avouer satisfait qu'elle ait fini par accepter de partager son lit à l'avenir !

Elle lui décocha un coup d'œil assassin.

— J'espère que tu ne fais référence qu'à la plongée…

— Evidemment ! A quoi d'autre ?

Après l'avoir scruté d'un air soupçonneux pendant quelques secondes, Bella rejeta ses cheveux en arrière d'un geste désinvolte.

— Au fond, pourquoi pas la plongée ? acquiesça-t-elle. Il n'y a pas grand-chose d'autre à faire.

Gabriel se renfrogna.

— Tu aurais peut-être préféré que nous passions notre… lune de miel dans un lieu plus riche en distractions ?

Les yeux de Bella se plissèrent, étincelants de colère.

— Oh non ! La situation me paraît suffisamment distrayante telle qu'elle est.

Il laissa échapper un rire étouffé.

— Alors, c'est parfait.

Plutôt que de se laisser entraîner dans une nouvelle polémique, Bella se leva de table.

— Je vais me changer, annonça-t-elle.

Elle ne tarda pas à regretter sa décision. Claudia avait placé dans ses bagages ce que l'on pouvait faire de plus microscopique en matière de Bikini !

Que diable avait-elle eu à l'esprit en choisissant ces bouts de tissu ? Certes, ils étaient ravissants, mais tout à fait inappropriés compte tenu de sa relation avec Gabriel.

Quand, à peine couverte par quatre triangles de vichy rose, elle rejoignit Gabriel sur la terrasse, son embarras s'évapora comme par magie. Lui-même n'avait pour tout vêtement qu'un slip de bain noir particulièrement sexy qui ne couvrait pas grand-chose de sa superbe anatomie, et ne laissait rien ignorer de sa virilité.

Virilité dont Bella avait le plus grand mal à détourner le regard…

Gabriel était occupé à vérifier l'état du matériel de plongée. Lorsqu'il se redressa, son expression se durcit en voyant Bella comme hypnotisée.

— La vision de mes cicatrices te dérange, peut-être ? lâcha-t-il avec acrimonie.

— Tes cicatrices ? répéta distraitement Bella, qui ne parvenait pas à s'arracher à la contemplation de son tout petit slip de bain.

En secouant la tête, elle fixa son attention sur l'enchevêtrement de balafres, de tailles diverses, qui marquait le torse de Gabriel, ainsi que son dos et ses jambes.

— Je t'ai déjà dit que cela n'avait aucune importance pour moi, reprit-elle en fronçant les sourcils.

— Tu n'en avais pas encore vu l'étendue, répliqua Gabriel, l'air gêné. Bien des femmes auraient du mal à supporter leur laideur.

Bella se demanda avec combien de femmes le problème s'était déjà posé. Janine Childe était-elle de celles-là ?

— Nous avons tous des cicatrices, Gabriel, déclara-t-elle. Même si toutes ne sont pas visibles. De plus, que t'importe le sentiment qu'elles m'inspirent ?

Les yeux de Gabriel n'étaient plus que deux fentes sombres entre ses paupières plissées.

— Tu es celle qui va devoir s'en accommoder pour le reste de ses jours.

Bella tiqua. Le reste de ses jours ? Elle prit une profonde inspiration. Tout à coup, elle prenait conscience de ce que cela signifiait d'être, *pour la vie*, l'épouse de Gabriel Danti.

Il attendait visiblement sa réaction.

— Je ne vois pas pourquoi tu t'inquiètes, fit-elle. Cela n'en vaut pas la peine. De toute façon, tous les hommes ne se ressemblent-ils pas dans l'obscurité ?

Soudain, Gabriel l'agrippa par le bras.

— Je me moque de ce que tu penses des autres hommes, Isabella, lança-t-il d'un ton menaçant. Que ce soit ou non dans l'obscurité !

Lorsqu'elle plongea son regard dans le sien, Bella y vit danser des lueurs rageuses.

— Il m'est absolument égal que tu portes des cicatrices, Gabriel, dit-elle d'une voix posée. C'est la pure et simple vérité.

Pendant quelques secondes, il continua à la dévisager avec une expression irritée. Puis il relâcha son étreinte si brutalement que Bella tituba.

— J'ai encore quelques vérifications à faire sur le matériel, grommela-t-il. Profites-en pour te baigner.

Elle lança un dernier coup d'œil au dos zébré de Gabriel, avant de tourner les talons, et de se diriger vers la plage.

Le paradis sur terre…

— C'était l'expérience la plus extraordinaire de ma vie !

Un peu essoufflée, Bella venait d'enlever son masque de plongée.

— « La plus extraordinaire » ? questionna Gabriel avec une intonation moqueuse.

Lui aussi avait retiré son équipement, et il se laissa tomber sur la couverture étalée sur le sable blond.

— Eh bien… l'une d'entre elles, s'empressa de corriger Bella. Car rien n'égalera jamais ce que j'ai ressenti lorsqu'on a mis Toby dans mes bras quelques secondes après sa naissance.

Gabriel fronça les sourcils.

— J'aurais tant aimé partager ce moment avec toi !

— Nous avons passé une délicieuse journée, Gabriel. Ne la gâchons pas en nous disputant une nouvelle fois.

Elle s'assit près de lui et referma les bras autour de ses genoux, sur lesquels elle posa le menton.

— De plus, enchaîna-t-elle, je ne crois pas qu'on aurait laissé qui que ce soit assister à l'accouchement.

— Même moi ?

— Absolument. Le nom des Danti n'aurait pas ouvert cette porte-là. A vrai dire, c'était un peu la panique. Il a fallu me faire une césarienne parce que ma tension baissait et que Toby souffrait.

Gabriel se raidit.

— Ta vie a été en danger ?

— Oui, pendant quelques instants. Celle de Toby aussi. Mais tout s'est bien terminé.

Le pli entre les sourcils de Gabriel s'accentua.

— Est-ce que tu risques le même problème lors d'une deuxième grossesse ?

— Je ne sais pas. La question ne m'est jamais venue à l'esprit.

D'un bond, Gabriel se leva, puis il marcha jusqu'à la lisière de l'eau, les poings serrés.

— Gabriel, qu'est-ce qui ne va pas ?

Il choisit de ne pas répondre, bouillant intérieurement d'indignation. Ne se rendait-elle donc pas compte que Toby et elle auraient pu perdre la vie sans qu'il n'en sache jamais rien ?

— Au fond, reprit Bella en souriant, toi comme moi avons risqué la mort, et nos cicatrices en sont la preuve...

Elle s'interrompit en voyant l'expression farouche de Gabriel lorsqu'il se tourna.

— Tu trouves ça drôle ? lança-t-il.

— Mais enfin, j'essaie juste de détendre un peu l'atmosphère ! Ne prends pas tout cela au tragique : c'est de l'histoire ancienne.

— Je ne trouve pas qu'il y ait matière à plaisanter !

Certes, le pire avait été évité quatre ans auparavant. Mais Bella ne courait-elle pas le même danger si elle enfantait de nouveau ?

— Montre-moi ta cicatrice, s'il te plaît.

L'air méfiant, Bella leva les yeux sur Gabriel, qui la dominait de toute sa taille lui cachant même le soleil. Il la dévisageait avec une intensité douloureuse. Perdait-il l'esprit ? Sa requête était complètement saugrenue !

— Non, Gabriel. Je ne veux pas. Plus tard, peut-être.

— Pourquoi pas ? Tu as vu mes cicatrices. A mon tour de voir les tiennes.

Elle déglutit avec peine et enserra de nouveau ses genoux dans ses bras, en un geste de protection. Quoi, fallait-il vraiment qu'elle se dénude devant lui, jusqu'à montrer ce qu'elle avait de plus intime ? Ne lui suffisait-il pas qu'elle soit pratiquement nue dans ce minuscule Bikini ?

— Il n'en est pas question, protesta-t-elle vigoureusement.

— Ne dis-tu pas toi-même que tous les hommes sont faits pareils ? Les femmes aussi, tu sais !

Bella secoua la tête, bouleversée. Oh non, tous les hommes ne se ressemblaient pas ! Il n'existait nulle part un homme qui ressemblait à Gabriel Danti. Comme il n'en existait aucun capable de lui faire perdre aussi totalement le contrôle d'elle-même.

Et c'était bien la raison pour laquelle il n'y avait pas eu d'autre homme dans sa vie que Gabriel.

Seigneur…

Elle comprenait enfin l'amère vérité : Gabriel était et resterait le seul amour de sa vie. Même à distance, sans jamais l'avoir revu depuis leur première nuit, elle n'avait cessé de l'aimer.

Dire qu'elle était désormais son épouse légitime !

Mais comment aurait-elle pu lui avouer son amour quand il n'attendait d'elle rien de tel ? Tout ce qu'il voulait, c'était le fils qu'elle lui avait donné. Pour sa part, elle faisait simplement partie du lot.

Elle se leva brusquement.

— Je suis fatiguée, Gabriel. Je rentre me reposer un peu avant le dîner.

Songeur, Gabriel la regarda s'éloigner vers la villa. Quelle mouche l'avait donc piquée ? Cet échange un peu vif qu'ils venaient d'avoir n'était pas le premier. D'habitude, ils y prenaient tous deux le plaisir qu'on a dans une joute oratoire.

Pourquoi, alors, Bella s'était-elle fermée tout d'un coup ?

Comme si elle se refusait à éprouver toute émotion…

Au fond, c'était peut-être mieux ainsi. En aucun cas il ne voudrait lui faire courir les dangers que pourrait représenter le fait d'avoir d'autres enfants…

— Raconte-moi ce qui s'est passé il y a cinq ans, Gabriel.

Par-dessus la table, il lança un coup d'œil circonspect à Bella.

— Tu veux dire… ?

— Je parle de ton accident, bien sûr.

— Ah ! L'accident…

Il se recula sur son siège et prit une gorgée du vin blanc dont il avait ouvert une bouteille pour accompagner la langouste et la salade qui avaient constitué leur repas.

Bella fronça les sourcils.

— De quoi croyais-tu que je parlais ?

Gabriel laissa son regard s'attarder paresseusement sur sa jeune épouse.

Elle était si jolie, vêtue de cette petite robe noire à la charmante simplicité ! Les fines bretelles découvraient ses épaules et ses bras dorés par le soleil de l'île. La houle de ses cheveux encadrait d'un rideau aux reflets de jais son ravissant visage, dont la beauté ne devait rien aux artifices du maquillage. Seul un léger brillant à lèvres mettait en valeur sa bouche sensuelle.

Bella n'avait jamais été aussi sublime.

Ni aussi désirable.

— Tu aurais pu vouloir parler de la nuit que nous avons passée ensemble..., suggéra-t-il d'une voix nonchalante. C'était également il y a cinq ans.

— Je ne crois pas qu'il y ait grand-chose à en dire, répliqua Bella d'un ton incisif. Ce n'était rien de plus que le schéma classique : une jeune étudiante naïve tombe dans les bras de l'irrésistible pilote de course... Une histoire banale, comme on dit.

— Et *toi*, Bella, qu'en dis-tu ?

Qu'aurait-elle pu en dire ? Sinon qu'elle s'était comportée comme une oie blanche, ce soir-là ; et qu'elle aurait dû avoir suffisamment de bon sens pour résister au charme sulfureux de Gabriel et refuser cette merveilleuse nuit d'amour avec lui.

Et surtout qu'elle n'aurait jamais dû commettre l'erreur fatale de tomber éperdument amoureuse de lui.

— Non, Gabriel, protesta-t-elle, je ne me laisserai pas entraîner sur un terrain aussi glissant !

Il haussa les sourcils.

— Nous pourrions en parler très calmement…

— Tu sais bien que nous finirions par nous chamailler. Je t'ai déjà dit ce que je pensais de cette fameuse nuit. Et j'aimerais plutôt savoir comment les choses se sont passées ensuite.

— Donc lorsque a eu lieu l'accident qui a coûté la vie à deux hommes, c'est cela ?

La froideur de son regard, ce repli sur lui-même clairement perceptible disaient assez à Bella à quel point il abordait ces souvenirs avec réticence.

Elle le fixa droit dans les yeux.

— Je peux te garantir que quoi que tu puisses dire concernant tes sentiments pour Janine Childe, je n'en serai pas blessée. Après tout, tu n'es pas le premier homme à coucher avec une femme alors que tu es amoureux d'une autre. Et tu ne seras certainement pas le dernier !

Les mâchoires de Gabriel se crispèrent.

— Tu me crois donc complètement dépourvu de tout sens de l'honneur.

— Je pense simplement que tu étais entouré de groupies trop heureuses que le célèbre champion les mette dans son lit. Et qu'il soit amoureux d'une autre leur importait peu.

— Des « groupies » ? s'exclama Gabriel.

— Oh, cesse de jouer les innocents ! Tu sais bien que pour la moindre femme normalement constituée, cette image virile du pilote bravant le danger est terriblement sexy.

— Pourquoi as-tu couché avec moi, Bella ?

Sa belle voix grave l'avait appelée « Bella » de nouveau. C'était bien le moment qu'il renonce à cet « Isabella », si froid, si impersonnel ! Comme s'il ne suffisait pas qu'elle soit totalement bouleversée d'avoir pris conscience de l'amour qu'elle éprouvait pour lui…

— Mais parce que tu étais terriblement sexy, bien

sûr, lança-t-elle d'un ton qu'elle voulait léger. Maintenant si tu veux bien…

— Tu dis cela au passé, l'interrompit Gabriel. Tu ne me trouves donc plus aussi séduisant ?

Bella ne sut que répondre. Pourtant, y avait-il sur terre un homme au pouvoir de séduction plus ravageur que Gabriel tel qu'il lui apparaissait ce soir, dans cette chemise de soie crème tombant impeccablement sur ses épaules et ses pectoraux musclés ?

Il s'en fallait de peu qu'elle ne se jette sur lui pour la lui arracher et caresser sa peau nue.

Il s'en fallait de peu qu'elle ne s'abaisse à le supplier de lui faire l'amour.

Cette seule pensée suffisait à gonfler sa poitrine de désir, et à faire sourdre une douce chaleur dans son bas-ventre.

Elle lança à Gabriel un regard agacé.

— Tu devrais avoir un signal de danger collé sur le front !

Le visage de Gabriel s'éclaira d'un large sourire. Il s'avança sur sa chaise.

— Toi, c'est sur la poitrine que tu devrais avoir ce genre d'avertissement, fit-il d'un ton badin.

Bella sentit ses joues s'empourprer.

— Ma… « poitrine » ?

— Oui, Bella. Tes seins sont si beaux. Si ronds et fermes, dans mes mains.

— Ce sujet de discussion me semble tout à fait déplacé !

Gabriel ne se gêna pourtant pas pour laisser son regard s'attarder sur cette partie de son anatomie.

A voir l'étoffe tendue de sa robe, il était évident que ses paroles avaient troublé Bella autant que lui-même.

Malheureusement, il ne se sentait pas en droit de lui faire l'amour tant qu'il n'aurait pas vérifié quels pourraient être les effets d'une nouvelle grossesse sur sa santé.

Il serra les lèvres et se leva de table.

— Tu as raison, Isabella, concéda-t-il, ce n'est pas un sujet pour une fin de dîner.

— Je… Où vas-tu ? questionna Bella en le voyant s'éloigner en direction de la plage.

Lorsqu'il se tourna vers elle, la lune mettait des reflets d'argent dans sa chevelure d'ébène.

— J'ai besoin d'être un peu seul, laissa-t-il tomber d'un air distant.

Bella se rembrunit. Ainsi, il lui avait suffi de deux jours pour commencer à s'ennuyer avec elle…

— Très bien, acquiesça-t-elle en se levant à son tour. Nous nous verrons demain matin, donc.

— Certainement, rétorqua sèchement Gabriel.

Le moins que l'on puisse dire, c'était que cela ne semblait guère le ravir ! Hélas !…

Au moment même où il se rendait compte que sa compagnie le lassait, Bella avait compris qu'elle était amoureuse de lui comme jamais.

10.

— Petit déjeuner, Bella !

Avec l'impression d'être perdue dans un épais brouillard, elle se redressa en grimaçant.

Petit à petit, la conscience de l'endroit où elle se trouvait se fit jour dans son esprit guère reposé par un sommeil chaotique.

Une nouvelle fois, la veille, elle avait fait semblant d'être profondément endormie lorsque Gabriel s'était allongé auprès d'elle.

Manifestement, celui-ci avait eu autant de mal qu'elle à trouver le repos. La façon dont il s'était agité nerveusement à ses côtés l'avait assez prouvé.

Pourtant, ils n'avaient pas échangé un mot, ne s'étaient même pas touchés. Ils étaient demeurés allongés, l'un près de l'autre, dans une incapacité totale à communiquer.

— Ton café va refroidir, Bella, insista Gabriel.

L'odeur du café fumant et des croissants chauds vint titiller les narines de Bella.

Elle ouvrit les yeux. Debout près du lit, Gabriel tenait un plateau dans les mains. Habillé de pied en cap, les cheveux encore humides de la douche, il semblait être levé depuis assez longtemps.

— Que me vaut ce petit déjeuner au lit ? demanda-t-elle sans aménité.

— N'est-ce pas l'habitude chez les jeunes époux qui

veulent faire plaisir à leur femme ? répliqua Gabriel en plaçant le plateau en travers des genoux de Bella. De plus, comme nous partons tout à l'heure, j'ai pensé que tu supporterais mieux l'hélicoptère si tu n'avais pas le ventre vide.

Bella ouvrit de grands yeux incrédules.

— Partir ? Tu veux dire que nous rentrons en Angleterre ?

— Exactement, répondit Gabriel d'un ton parfaitement calme.

Il se dirigea vers la penderie, dont il commença à sortir ses vêtements.

— Pourquoi ce brusque changement ? questionna Bella, désorientée. Ne devions-nous pas rester ici une semaine ?

Qu'allaient donc penser leurs familles ? Et Toby ?

Gabriel vit les interrogations se succéder sur le visage de Bella. Un visage douloureusement marqué par la tension des jours précédents.

Lui aussi éprouvait une tension similaire. Mais probablement pas pour les mêmes raisons.

Il secoua la tête d'un air désolé.

— Tu n'es pas heureuse ici.

— Toi non plus ! Mais réponds à ma question : pourquoi changer nos plans ?

Gabriel leva brièvement les yeux au ciel. Que pouvait-il bien lui répondre ? Pouvait-il lui faire part de ses craintes de mettre une nouvelle fois sa vie en péril, en lui faisant courir le risque d'une deuxième grossesse ?

— Si tu redoutes d'inquiéter ta famille par ce retour prématuré, précisa-t-il comme une réponse à ses muettes interrogations, je peux te conduire directement à ton cottage. Tu n'auras qu'à y rester jusqu'à la fin de la semaine.

— Je ne vois pas l'intérêt d'aller nous cacher là-bas plutôt que rester ici.

Les lèvres de Gabriel s'incurvèrent en un sourire sans joie.

— J'ai dit que *tu* pouvais demeurer dans ton cottage. Je n'ai pas parlé de nous.

Le visage de Bella prit l'immobilité d'un masque.

— Je comprends…, murmura-t-elle.

— En es-tu sûre ?

— Oh oui ! Rassure-toi, je peux être prête en moins d'une heure.

Gabriel s'était imaginé que Bella apprécierait de quitter l'île, et surtout l'idée de se retrouver seule chez elle. Au lieu de quoi, elle semblait en colère.

— Tu n'as pas besoin de te presser, dit-il. Et je t'assure que tu ferais mieux de manger un peu pour ne pas être malade.

Bella posa le plateau sur la table de nuit et se leva promptement.

— Il n'y a pas que l'hélicoptère qui me rende malade ! lança-t-elle d'un ton belliqueux.

— C'est vrai, concéda Gabriel à mi-voix.

— Je n'ai que faire de ta compréhension ! s'emporta Bella.

Gabriel ne pouvait détacher son regard de sa silhouette aux courbes voluptueuses, qu'épousait l'étoffe fluide de sa chemise de nuit, de ses boucles d'ébène emmêlées sur ses épaules rondes, de son visage qu'enflammait la colère. Comme elle était belle !

S'il ne s'était pas maîtrisé, il l'aurait prise dans ses bras sans plus attendre, et lui aurait fait l'amour jusqu'à ce qu'elle demande grâce.

Au lieu de cela, il se dirigea vers la porte.

Dans le jardin, il prit de profondes inspirations pour tâcher de recouvrer son calme.

Exactement comme il l'avait fait la veille : en marchant sur le rivage, dans la pâle clarté de la lune. En se remémorant toutes les bonnes raisons qu'il avait de ne pas oser faire l'amour à Bella…

Cette fois, Bella avait mieux supporté le trajet en hélicoptère. Quant aux longues heures de vol jusqu'à Londres, elles s'étaient déroulées sans le moindre incident. Ensuite, Gabriel l'avait reconduite jusqu'à chez elle en voiture. Lorsqu'ils étaient arrivés à bon port, elle avait protesté qu'elle pouvait fort bien regagner seule sa petite maison. En vain. Et maintenant, il s'attardait dans son séjour.

— Tu avais dit que tu devais partir, non ?

Bella attendait cela avec impatience, pour pouvoir enfin donner libre cours aux larmes qu'elle avait contenues avec peine toute la journée.

— Tu ne m'offres même pas un café ?

— Il est tard, Gabriel, protesta-t-elle. De plus, je croyais que tu avais à faire. En tout cas, c'est ce que tu m'as laissé entendre.

Gabriel eut un geste d'agacement. Peu importait ce qu'il avait pu dire ! Tout ce qu'il savait, c'était qu'il n'avait plus aucune envie de quitter Bella.

— Ce n'est peut-être pas une bonne idée de te laisser seule ici.

Bella éclata de rire.

— Mais cela fait deux ans que je vis seule ici !

— Non. Il y a Toby d'habitude. Ce n'est pas pareil.

Gabriel n'avait pas tort : la maison semblait tellement silencieuse, tellement vide, sans son petit garçon.

— Je ne suis plus une gamine, Gabriel. J'ai vingt-six ans. Cesse de me traiter comme une enfant.

— Comment voudrais-tu que je te traite, alors ?

Bella s'immobilisa. Soudain, la tension entre eux avait atteint une troublante intensité, comme si l'air s'était brutalement chargé d'électricité…

— Je crois que tu ferais mieux de partir, insista-t-elle en déglutissant avec peine.

Gabriel hocha lentement la tête. Oui, il le fallait. Avant qu'il ne se laisse aller à commettre l'irréparable. A faire ce que tous deux ne pourraient que regretter ensuite.

Et pourtant…

La fatigue du voyage se lisait sur les traits de Bella. Elle était pâle, et des cernes sombres marquaient ses grands yeux violets. Malgré tout, il émanait quelque chose d'incroyablement attirant dans le défi qu'exprimaient son menton pointé vers lui, ses yeux brillants, et la posture orgueilleuse de son corps mince.

Rien qu'à la regarder, Gabriel sentait son sang bouillonner dans ses veines.

Il était grand temps qu'il s'en aille !

— Tu as raison, concéda-t-il d'une voix sourde, cela vaut mieux.

— Oui.

Sauf que ce fut vers Bella que Gabriel se dirigea.

En deux enjambées, il avait traversé la pièce.

Il l'étreignit follement, tandis qu'il s'emparait de sa bouche avec une faim primitive, aussi vieille que l'humanité elle-même.

Une faim aussi irrépressible que le désir de la faire sienne.

Il enfonça ses doigts dans l'épaisseur des cheveux de Bella et l'embrassa avec une passion sauvage. Sa langue se fraya un chemin entre ses lèvres pour aller se mêler à la sienne, en une danse incroyablement érotique.

La bouche de Bella avait un goût de miel, et une douceur exquise.

Il la serra de toutes ses forces contre son corps impatient, sans cesser de l'embrasser fiévreusement.

Refermant les mains sur ses fesses, il plaqua plus étroitement contre le sien le corps souple de Bella. Son sexe durci palpitait du désir impérieux de la posséder sans attendre.

Plus rien n'existait que cette envie physique, ardente et incontrôlable, qui envahissait tout son être.

Il détacha ses lèvres de celles de Bella pour les promener tout le long de son cou, dont la peau avait la douceur de la soie.

Elle rejeta la tête en arrière pour lui permettre de mordiller et lécher sa gorge offerte, en une caresse d'une affolante volupté.

— Nous devrions arrêter là, Bella, souffla-t-il à son oreille.

— Oui… oui, acquiesça-t-elle d'une voix haletante.

— Tu sais qu'il y aura un moment où je ne pourrais plus me contenir…

Cela faisait trop longtemps qu'il attendait ça. Qu'il ne pensait qu'à ça.

— Je sais…

A l'instant même où il l'avait prise dans ses bras, Bella avait senti l'urgence de son désir.

Un désir qui répondait si parfaitement au sien !

Tout son être s'était embrasé au moment où il l'avait touchée.

Les mains de Gabriel n'avaient fait que déchaîner ce feu qui couvait au tréfonds de son être depuis l'instant où elle avait ouvert les yeux, le matin même.

Même la plus banale des conversations qu'ils avaient eues dans la journée avait été chargée d'une tension à la sensualité à peine voilée.

— Continue, Gabriel, murmura-t-elle d'une voix rauque en se cambrant. Je t'en prie, ne t'arrête pas.

Electrisée par les baisers de Gabriel, elle frémissait irrésistiblement entre ses bras, les doigts perdus dans ses boucles brunes, la gorge offerte, pantelante.

Un frisson la fit trembler des pieds à la tête lorsqu'il écarta les pans de son chemisier, arrachant plusieurs boutons qui allèrent rouler sur le sol.

Gabriel s'inclina jusqu'à ses seins. Sa langue dessina de savantes arabesques sur un mamelon, puis l'autre, avant qu'il ne capture le premier dans sa bouche, tandis qu'il agaçait l'autre entre son pouce et son index.

Transpercée par une flèche de plaisir d'une intensité inouïe, Bella laissa échapper un gémissement sourd.

Entre ses cuisses, le cœur de sa féminité, envahi d'une vive chaleur, se contractait d'un besoin presque douloureux.

Contre son ventre, l'évidence du désir de Gabriel, dans toute sa puissance, était une promesse enivrante.

Cette fois, elle voulait le sentir en elle. Voir son regard quand il la pénétrerait. Entendre ses râles de plaisir répondre aux siens. Crier avec lui lorsqu'ils attendraient ensemble l'extase suprême.

— Attends…, souffla-t-elle quand elle le sentit défaire la boucle de ceinture de son jean. Laisse-moi te caresser à mon tour…

Arrimant son regard à celui de Gabriel, elle défit un à un les boutons de sa chemise, puis la repoussa lentement sur ses épaules, la fit glisser le long de ses bras, pour finir par la laisser tomber sur le sol.

Elle promena ses doigts sur ses pectoraux musclés ; ses mains lui parurent étonnamment pâles sur sa peau mate.

— Tu es si beau, Gabriel, murmura-t-elle contre son torse.

Elle suivit de la pointe de sa langue le tracé de ses cicatrices. Gabriel n'oubliait jamais ces stigmates disgracieux que l'accident avait laissés sur son corps.

Malgré tout, cette idée s'évanouit de son esprit en sentant les lèvres chaudes de Bella errer sur sa peau, sa main s'appuyer contre son sexe en érection, puis accélérer peu à peu le rythme de ses attouchements.

Le sang battait follement à ses tempes, et le désir montait en lui par vagues, poussant à son paroxysme le besoin qu'il avait d'elle.

Dire qu'ils avaient passé deux jours dans l'isolement romantique d'une île des Caraïbes et que c'était ici, dans le petit cottage de Bella, qu'il perdait son sang-froid à la seule idée d'être séparé d'elle pendant quelques heures !

— Oh, Bella…, gémit-il, j'ai tellement… tellement envie…

Un gémissement monta de ses lèvres quand il la sentit abaisser la fermeture à glissière de son pantalon.

Il ne résista pas quand elle le poussa délicatement pour qu'il se laisse tomber dans un fauteuil.

Lorsqu'elle s'agenouilla et le prit dans sa bouche, il craignit de ne pouvoir se maîtriser bien longtemps. Tout en faisant aller la pointe de sa langue sur son membre rigide, Bella l'enserrait de ses doigts en une caresse de plus en plus fougueuse.

Tous ses muscles tendus dans un effort désespéré pour ne pas perdre le contrôle, grisé par la volupté des caresses qu'elle lui prodiguait, Gabriel était dans l'incapacité de mettre un terme à ce délicieux supplice.

Encore un peu…

Oui, il voulait profiter encore un peu de ces sensations enivrantes, de l'habileté diabolique de cette petite langue.

Puis il s'en irait. Avant de commettre l'irréparable…

— Arrête ! finit-il par grommeler, le visage en feu.

Prenant Bella par les bras, il la hissa jusqu'à lui et l'embrassa avec avidité.

Assise en travers de ses genoux, elle répondit à ses

baisers avec une ardeur fiévreuse, pendant que Gabriel faisait aller ses paumes frénétiquement le long de son dos.

La prenant par les fesses, sans abandonner sa bouche, il se mit debout avec elle, puis l'allongea sur le tapis et vint se placer à ses côtés.

Pendant quelques instants, il demeura en contemplation devant sa somptueuse poitrine dénudée.

Il aspira enfin entre ses lèvres un mamelon rose, et Bella gémit doucement. Lorsqu'il s'écarta de nouveau pour se repaître de l'ensorcelante vision de ses tétons dressés, elle protesta à mi-voix, et ses prunelles s'assombrirent en un appel muet.

Les yeux plongés dans ceux de Bella, Gabriel entreprit de la débarrasser de son jean. Quand ce fut fait, il lui écarta doucement les cuisses, de ses mains qui paraissaient plus mates encore sur la peau nacrée de Bella.

Lentement, il approcha ses doigts de la toison brune que laissait entrevoir la dentelle crème de sa petite culotte.

La respiration de Bella se fit haletante quand il se glissa sous la fragile étoffe, puis s'approcha du bouton caché dans les replis de son intimité. Elle se cambra pour mieux s'offrir à la pression de sa main.

— Oh, oui, Gabriel, encore..., supplia-t-elle tandis qu'il poursuivait sa lente exploration.

Ses yeux sombres toujours rivés aux prunelles améthyste de Bella, il fit glisser le petit triangle de dentelle le long de ses jambes.

Lentement, ses mains, puis sa langue, suivirent le dessin de la discrète cicatrice qui n'existait pas cinq années plus tôt.

Bella n'eut pas le temps de réagir que déjà Gabriel penchait son visage vers les boucles brunes, tandis que ses doigts écartaient délicatement la fleur secrète qui s'y cachait.

Un plaisir comme elle n'en avait jamais connu déferla

en elle tel un torrent furieux quand Gabriel fit aller et venir sa langue experte sur le bouton gorgé de désir, la menant petit à petit au paroxysme de la jouissance.

Jamais elle n'avait connu un tel orgasme !

Même lors de cette première nuit passée ensemble.

Mais ce n'était pas assez. Elle voulait le sentir en elle.

Bella se redressa et obligea Gabriel à s'allonger sur le tapis, avant de finir de lui ôter ses vêtements.

— Non, Bella, protesta-t-il, il ne faut pas.

— Laisse-moi faire, dit-elle dans un souffle. Je te veux.

Puis elle vint sur lui et le guida avec douceur pour qu'il la pénètre.

Lentement, progressivement, elle l'accueillit en elle, jusqu'à avoir l'impression que son sexe l'unissait à lui pour toujours, profondément.

Alors, elle se mit en mouvement. De plus en plus vite.

Jusqu'à ce que Gabriel sente un maelström de plaisir l'emporter tout entier.

Il prit Bella par les hanches tandis qu'il se sentait vaciller au bord du précipice.

Elle cria lorsqu'ils se rejoignirent dans un spasme d'une intensité fabuleuse.

11.

— Nous n'aurions jamais dû faire cette folie ! murmura-t-il.

Bella s'était laissée tomber sur le torse de Gabriel, humide de transpiration, tandis que les derniers frissons de l'extase parcouraient encore son corps exténué.

Elle redressa la tête et le fixa d'un air incrédule.

— Qu'est-ce que tu viens de dire ?

Ce fut un regard sévère que Gabriel lui délivra.

— Je n'aurais pas dû faire ça, Bella…

Elle ne lui laissa pas le temps de terminer sa phrase. D'un bond, elle fut debout, s'efforçant de ramener les pans déchirés de son chemisier sur sa poitrine nue.

— Va-t'en, Gabriel, lâcha-t-elle, d'une voix étouffée par le choc et la stupeur.

— Bella…

— Je te dis de partir !

Ses jambes la portaient à peine tandis qu'elle s'efforçait de remettre sa culotte. Comment Gabriel pouvait-il lui dire une chose pareille dans un tel moment ? Elle qui pensait que ce qu'ils venaient de partager était unique, et d'une incroyable beauté… Tout à coup, ce n'était plus qu'un moment d'égarement qu'elle souhaitait oublier au plus vite.

Si seulement cela avait pu ne jamais se passer !

— Habille-toi et sors d'ici, Gabriel ! S'il te plaît !

Lentement, il se mit debout, nu, magnifique. Bella se détourna, incapable de supporter la vision de sa somptueuse virilité.

— Je ne veux plus que tu dises un seul mot, Gabriel, enchaîna-t-elle. Ni que tu fasses quoi que ce soit. Tout ce que je veux, c'est que tu t'en ailles. Immédiatement.

— Tu as mal interprété mes paroles, Bella…

— Ne me touche pas !

Elle s'écarta d'un mouvement brusque pour qu'il retire les mains qu'il avait posées sur ses épaules. Ce simple contact lui était absolument insupportable.

— Tu ne semblais pas détester nos caresses, il y a seulement quelques instants, lança Gabriel d'une voix rauque.

— Toi non plus, riposta-t-elle vivement. Je suppose que nous nous sommes laissés emporter. Nous avons oublié quelle était la situation.

Gabriel plissa les yeux.

— C'est-à-dire ? questionna-t-il doucement.

— Est-ce que tu pourrais au moins t'habiller ? J'ai beaucoup de mal à discuter avec un homme complètement nu.

Gabriel ramassa son jean, qu'il enfila à la hâte.

— Je ne suis pas n'importe quel homme, Isabella. Je suis ton mari.

— Oh, je sais très bien qui tu es ! Et pour répondre à ta question, ce que je veux dire, c'est que tu ne m'as épousée que pour Toby…

— Isabella…

— Si tu n'avais pas découvert son existence, tu n'aurais jamais cherché à me revoir ; même après m'avoir rencontrée à San Francisco.

— Ce n'est peut-être pas le bon moment pour parler de tout ça. Tu es malheureuse et…

— Je suis en colère, Gabriel. Rien de plus. En colère

après moi-même. Pour m'être une nouvelle fois laissé prendre à ton numéro de séducteur.

— Mon « numéro de séducteur »? répéta Gabriel d'une voix incrédule.

— Oh, n'essaie pas de nier ! Tu as eu tout le temps de le mettre au point sur les circuits de Formule 1, autrefois. Je n'ai pas oublié avec quel art consommé tu m'as séduite, voilà cinq ans.

Gabriel dévisagea intensément Bella. Il mourait d'envie de la prendre dans ses bras pour s'expliquer.

— Il est inutile de m'insulter, Isabella. Cela ne fait qu'aggraver les choses.

— Ah bon ? s'exclama-t-elle. Je ne vois pas comment elles pourraient être pires. Nous avons cédé à une pulsion sexuelle effrénée. Nous nous sommes littéralement arraché nos vêtements…

Elle regarda, bouche bée, les boutons de son chemisier éparpillés sur le tapis.

— Et puis je ne veux plus parler de tout cela, reprit-elle. Je veux juste que tu me laisses.

L'expression de Gabriel se durcit.

— Je reviendrai demain. Nous avons à parler.

— Je ne vois pas ce que nous pouvons nous dire de plus.

Gabriel sentait chacun de ses nerfs palpiter sous sa peau. Bella était si merveilleusement belle, si désirable, avec ses longs cheveux noirs tombant en désordre sur ses épaules, ses lèvres encore gonflées par la fièvre de leurs baisers, que tout ce qu'il aurait voulu, c'était la prendre dans ses bras et lui faire l'amour.

Encore et encore…

— Quoi que tu en penses, je reviendrai demain.

Bella haussa un sourcil sarcastique.

— J'espère que tu n'attends pas que je fasse semblant de m'en réjouir.

— Non. Ton honnêteté est l'une des choses que j'apprécie le plus chez toi.

— Il ne doit pas y en avoir beaucoup d'autres ! Maintenant si tu veux bien m'excuser, j'ai grand besoin d'aller prendre une douche. Adieu, Gabriel.

— Adieu est un mot qui n'a pas cours entre nous, Isabella, affirma-t-il d'un ton paisible.

Pendant qu'il sortait, Bella, le cœur lourd, se dit qu'il avait raison. En effet, ils continueraient à jouer cette comédie, à faire croire qu'ils étaient un couple heureux, et ce tant que cela serait nécessaire à l'équilibre de Toby.

Fort heureusement, son petit garçon ne saurait jamais qu'à cause de lui ils s'étaient contraints à un mariage sans amour.

Même si *elle* éprouvait de l'amour pour Gabriel.

Un amour qu'elle ne pourrait jamais lui avouer…

— D'où viens-tu ?

— A ton avis ?

Bella montra d'un geste les sacs qu'elle sortait du coffre de sa voiture.

— Je ne t'attendais pas si tôt, expliqua-t-elle.

Elle avait vu le coupé sport noir garé devant chez elle dès qu'elle avait tourné le coin de la rue, et son cœur avait aussitôt bondi dans sa poitrine.

Après une nuit où le sommeil n'avait cessé de la fuir, où l'avait hanté le souvenir de ce moment de folle passion que Gabriel disait regretter, elle avait fini par sombrer, à l'aube. Ce n'était que vers midi qu'elle avait péniblement émergé, et il lui avait fallu plusieurs tasses de café bien fort pour se décider à aller faire d'indispensables courses.

A vrai dire, elle ne s'était pas préparée à trouver Gabriel en train de l'attendre en milieu d'après-midi.

Dans ce polo noir et ce jean délavé, il était bien trop séduisant pour qu'elle ne se sente pas troublée par sa présence. Cette réaction l'agaça au plus haut point. Pourquoi fallait-il qu'il affiche toujours la même insolente beauté ?

Malgré son refus, il l'aida à rentrer les sacs de victuailles dans la cuisine.

— Je peux t'offrir un café ? proposa-t-elle d'un ton détaché, tout en prenant cependant bien garde de ne pas le regarder.

Appuyé contre le plan de travail, bien trop près d'elle à son goût, Gabriel la regardait ranger les provisions dans les placards. Sans mot dire. Avec la plus grande attention.

— Ou plutôt non, enchaîna-t-elle en s'efforçant d'adopter des intonations joyeuses. Pourquoi ne te rendrais-tu pas utile en préparant le café toi-même ? Pendant ce temps je pourrais continuer à…

Elle s'interrompit, gênée par le silence obstiné de Gabriel. En fait, il n'avait pas dit un mot depuis de longues minutes, depuis le moment où il avait cherché à savoir d'où elle venait.

Gabriel ne bougea pas. Les yeux braqués sur Bella, il l'étudiait avec une attention minutieuse. Les cernes sous ses yeux, ses joues creusées, la pâleur de son teint diaphane que ne masquait pas une once de maquillage, tout disait la tension qui l'habitait.

Dans son T-shirt rose vif, qui moulait sublimement sa poitrine, et ce jean, qui faisait paraître encore plus minces sa taille fine et ses jambes fuselées, on lui aurait donné dix ans de moins que les vingt-six qu'elle lui avait dit avoir.

Comme il se rappelait les événements de la veille, Gabriel s'assombrit.

— Je vais faire le café, déclara-t-il finalement. Puis nous parlerons.

Bella se raidit.

— Pas de ce qui s'est passé hier soir, j'espère ?

— Si. Entre autres choses.

— Il n'y a rien à en dire…

— Au contraire. Il y a *beaucoup* à en dire. Je n'ai pas l'intention de te laisser ériger des barrières entre nous, Bella. Si tu veux, c'est moi qui parlerai. Tu n'auras qu'à écouter.

Elle le dévisagea un moment en silence, puis sembla se résoudre à accepter sa proposition.

— Très bien, concéda-t-elle. Fais donc le café.

Pendant qu'elle poursuivait ses rangements, et que Gabriel s'affairait dans la cuisine, Bella constata avec une ironie amère que ce qui aurait pu être qu'une paisible scène de vie conjugale était en réalité tout sauf cela.

Comment aurait-elle pu avoir un sentiment de sérénité quand la présence de Gabriel la troublait aussi intensément ?

Sa beauté sauvage, l'aura de virulente virilité qui émanait de lui, son irrésistible autorité, mettaient tous ses sens en alerte.

Lorsqu'elle en eut fini avec les courses, et que Gabriel leur eut versé à chacun une tasse de café, elle n'eut d'autre choix que d'aller s'asseoir à la table où il était déjà installé.

— Eh bien ? avança-t-elle, après quelques secondes d'un silence dans lequel avait résonné chacune des secondes égrenées par la pendule accrochée au mur.

Gabriel arbora une expression peinée.

— Je me rends compte que tu m'en veux encore, Bella, dit-il, mais je ne crois pas mériter à ce point ta colère.

Bella fronça les sourcils. Peut-être n'avait-il pas tout à fait tort. Après tout, il n'était pas seul responsable de ce qui s'était passé entre eux la veille. Elle avait cédé à un désir aussi fort que celui qu'il avait éprouvé pour elle.

Elle exhala un profond soupir.

— Je ne suis plus en colère, Gabriel, admit-elle d'un air accablé. Du moins, pas contre toi.

— C'est à toi-même que tu en veux parce que nous avons fait l'amour hier soir ?

— Nous avons juste eu un rapport sexuel, hier soir…

— Nous avons *fait l'amour* !

— Appelle cela comme tu veux : nous savons parfaitement tous les deux de quoi il en retourne.

Gabriel nota combien l'exaspération faisait étinceler ses pupilles.

— Je croyais que tu étais d'accord pour te taire et m'écouter, lui rappela-t-il sur un ton gentiment moqueur.

— Pas si tu dis des choses avec lesquelles je ne peux pas être d'accord.

— Bon, je vais essayer. Mais il n'est pas toujours facile de savoir ce qui va ou non te déplaire.

— Il ne devrait pas y avoir de problèmes si tu évites de parler d'hier soir, et de ce qui s'est passé il y a cinq ans.

Gabriel fit la grimace.

— Ah ! J'en avais pourtant l'intention…

— Mais… tu as toujours refusé de m'en parler !

— Les choses ont changé.

Elle venait de se lever, pour aller se poster devant la fenêtre donnant sur le jardin. Son cou avait une telle délicatesse ! Son dos était si étroit ! Ses épaules paraissaient si frêles.

Elle semblait si fragile !

Gabriel songea avec douleur qu'elle n'aurait jamais dû porter le fardeau d'éduquer seule un enfant.

— Je t'en prie, Bella…, répéta-t-il dans un souffle.

A entendre la tendresse qu'exprimait la voix de

Gabriel, Bella eut l'impression que son cœur allait exploser dans sa poitrine.

Lorsqu'ils étaient sur l'île, elle avait vraiment voulu savoir ce qui s'était passé cinq ans plus tôt. Mais en cet instant, alors qu'elle se sentait si vulnérable depuis qu'elle avait compris à quel point elle aimait Gabriel — après la façon dont ils s'étaient donnés l'un à l'autre la veille —, elle n'était pas certaine de supporter de l'entendre évoquer ses sentiments pour une autre femme.

A plus forte raison s'il devait lui dire qu'il éprouvait encore quelque chose pour Janine Childe…

N'était-elle pas certaine que Gabriel ne l'avait jamais aimée, et ne l'aimerait jamais ? Alors quelle importance avait ce qu'il pourrait bien dire ?

Malgré tout, elle ne parvenait pas à n'en faire aucun cas.

Elle figea son visage en une expression indéchiffrable, puis prit son courage à deux mains pour faire face à Gabriel.

Son attitude défensive fut largement mise à mal par le regard qu'il dardait sur elle. La douceur qu'elle avait perçue dans sa voix, un instant plus tôt y trouvait un bouleversant écho.

Bon sang ! Ce n'était pas de sa pitié dont elle avait besoin !

C'était de son amour.

Cinq ans auparavant, c'était ce qu'elle avait ardemment désiré.

C'était ce qu'elle désirait aujourd'hui encore plus intensément.

— Eh bien, vas-y ! lança-t-elle en relevant crânement le menton.

Pendant quelques secondes, Gabriel continua à la contempler en silence. Puis il sembla se jeter à l'eau.

— Tout d'abord, dit-il, je dois te dire ce que j'ai fait aujourd'hui…

— Tu disais vouloir me parler des événements du passé !

Après avoir rassemblé ses forces pour affronter son récit, elle n'allait pas le laisser partir dans des digressions dont elle n'avait que faire. Qu'il en vienne donc au fait !

— Les démarches que j'ai accomplies depuis que nous nous sommes quittés hier soir ont un lien direct avec ce passé, expliqua Gabriel avec un grand soupir. Viens donc t'asseoir près de moi.

Bella obéit sans même protester, et Gabriel comprit combien sa présence, et cette conversation, la perturbaient. Pour rien au monde il n'aurait voulu ajouter au désarroi qu'elle éprouvait.

Il se frotta les yeux avec lassitude.

— Je partirai dès que tu en exprimeras le désir, Bella. Maintenant, veux-tu vraiment savoir comment s'est déroulé l'accident qui a coûté la vie à mes deux coéquipiers, il y a cinq ans ?

— Oui, bien sûr.

— Et me croiras-tu ?

— Je ne vois aucune raison de mettre en doute ta parole.

— Eh bien, à l'époque, l'enquête a conclu à un accident. Le hasard, la faute à pas de chance. Pour ma part, j'ai toujours su que Paulo était à l'origine de la collision.

Bella leva vers lui un regard teinté d'incompréhension.

— Tu veux dire qu'il aurait fait exprès de la provoquer ?

Gabriel hocha la tête, silencieux.

— Etait-ce parce que Janine lui avait annoncé qu'elle voulait rompre avec lui pour revenir vers toi ? reprit-elle. Avait-elle pris la décision de répondre enfin à ton amour ?

Avec un visage devenu grave, Gabriel se leva d'un bond.

— Les choses n'auraient absolument pas pu se passer ainsi, Bella. Pour la bonne raison que je n'ai jamais aimé

Janine. De plus, ce n'était pas elle qui m'avait quitté, comme elle l'a prétendu après l'accident. C'est moi qui avais mis un terme à cette brève liaison qui ne m'apportait rien. Mais elle se servait de moi pour attiser la jalousie de Paulo. Ce matin-là, il m'avait provoqué. Il refusait de croire que je n'avais aucun sentiment pour Janine.

Gabriel laissa échapper un long soupir.

— Même si je n'ai eu aucune responsabilité matérielle dans l'accident, enchaîna-t-il, je n'ai jamais cessé d'éprouver un sentiment de culpabilité.

— Mais… tu n'avais aucune raison de te sentir coupable. Et puis, pourquoi ne pas avoir dit publiquement ce qu'il en était ? Pourquoi avoir laissé Janine Childe te salir comme elle l'a fait ?

— Je suis resté dans le coma pendant plusieurs jours. Quand j'en suis sorti, toutes les accusations de Janine n'avaient plus d'importance pour moi. De plus, à quoi aurait-il servi que je jette le trouble dans l'esprit des familles de Jason et Paulo ?

— C'était quand même te sacrifier, commenta Bella avec douceur.

— Plus que je ne l'avais imaginé, en effet, admit Gabriel d'un air sombre.

Tout à coup, Bella sembla prendre conscience de la portée de tout ce que Gabriel venait d'expliquer. Elle leva vers lui un regard scrutateur.

— Mais alors, quand tu as fait l'amour avec moi, cette nuit-là, ce n'était pas par dépit d'avoir perdu Janine ?

Un sourire plein de regrets se dessina sur le visage de Gabriel.

— En effet.

— Et quand… quand au matin tu m'as dit que tu m'appellerais, tu avais vraiment l'intention de le faire ?

— Oui.

— C'est vrai ?

Tous ses espoirs brusquement ravivés, Bella sentit son cœur cogner à tout rompre dans sa poitrine.

— C'est vrai. La nuit que nous avions passée ensemble avait été tellement… magique. Malheureusement, j'ai été dans l'incapacité de téléphoner pendant plusieurs jours. Et quand, à mon réveil, j'ai vu que tu n'avais pas cherché à prendre contact, je me suis dit que tu n'y tenais pas vraiment.

Les yeux pleins de larmes, Bella fixait Gabriel, partagée entre espoir et incrédulité ; cependant, la lumière se faisait peu à peu dans son esprit.

Ainsi, il n'était pas amoureux de Janine à l'époque ; il ne l'avait jamais été. Donc il ne l'était certainement pas aujourd'hui…

Et il avait vraiment eu l'intention de l'appeler.

S'il n'y avait pas eu ce funeste concours de circonstances…

— Oh, Gabriel, gémit-elle, je ne sais que dire. Lorsque, le soir de l'accident, j'ai vu les images à la télévision, cela a été le pire jour de ma vie. Et puis, il y a eu l'interview de Janine, et quand elle a donné sa version des faits, ç'a été encore plus terrible.

— Si seulement j'avais pu imaginer que tu croirais ses boniments…

— Je ne te connaissais presque pas à ce moment-là, mais je n'ai jamais pensé que tu avais pu causer volontairement la mort de deux hommes. Par contre, je n'ai pas mis en doute la parole de cette femme quand elle a certifié que tu l'aimais toujours.

— Qu'aurais-tu fait s'il n'y avait pas eu le témoignage de Janine ?

— Mais je me serais précipitée à ton chevet, bien sûr ! Je n'aurais pas laissé qui que ce soit m'interdire de te voir !

— Pourquoi ?

Bella fixa Gabriel comme si elle ne comprenait pas sa question.

— Pourquoi… ? répéta-t-elle à mi-voix.

Mais parce qu'elle l'aimait déjà alors plus que tout au monde ! Et elle l'aimait tout autant aujourd'hui.

Gabriel vit les émotions se succéder sur le visage défait de Bella. Il fallait que l'un des deux trouve une issue à l'impasse dans laquelle ils étaient pris au piège.

— Tu veux savoir pourquoi l'opinion des gens m'importait si peu quand je suis sorti du coma ?

Bella cligna des yeux. Elle déglutit avec peine avant de répondre :

— Oui.

— Parce que lorsque je me suis réveillé, tu n'étais pas là. Et j'ai su que tu n'étais jamais venue. Puis, au cours des trois mois qui ont suivi, j'ai eu beau souhaiter ta visite comme je n'avais jamais rien désiré d'autre dans ma vie, il ne s'est rien passé…

Bella se leva, avec l'air hébété de quelqu'un qui vient d'apprendre une terrible nouvelle.

— Je… je ne comprends pas, bredouilla-t-elle.

Gabriel fit les deux pas qui le séparaient d'elle et posa la main sur sa joue. Elle était glacée.

— Ma Bella, murmura-t-il. Ma douce et si courageuse Bella. Je crois que tu as le droit de savoir toute la vérité.

— La vérité… ?

— La vérité, c'est que j'étais tombé éperdument amoureux de toi dès cette première nuit…

— Oh, non !

Dans ce cri déchirant, il avait entendu toute la souffrance de Bella ; Gabriel eut à peine le temps de la retenir avant qu'elle s'effondre.

Il la serra tout contre lui, la joue posée sur la douce épaisseur de sa chevelure de jais.

— Oui, Bella : je suis tombé si amoureux de toi,

cette nuit-là, qu'il n'y a plus jamais eu aucune femme dans ma vie depuis. Et je t'aime aujourd'hui avec la même force.

Emportée par un tourbillon d'émotions, Bella dut se cramponner à lui : ses jambes ne la portaient plus.

Elle fondit en larmes.

Larmes de bonheur à l'idée que Gabriel l'aimait.

Larmes de tristesse pour tout le temps qu'ils avaient perdu.

Lorsqu'elle osa enfin lever les yeux vers lui, elle lut dans son expression angoissée qu'il était dans l'incertitude quant à ce qu'elle-même éprouvait.

Elle lui offrit un regard débordant d'amour.

— Je t'aime, Gabriel, avoua-t-elle. Et je t'ai toujours aimé. A tel point qu'il n'y a jamais eu aucun homme dans ma vie depuis cette nuit-là. Je ne t'avais pas abandonné. Simplement, j'ai pensé que je n'étais pour toi qu'une aventure sans lendemain…

— C'est moi qui t'ai abandonnée, la coupa Gabriel d'une voix vibrante de douleur. Moi qui n'ai pas compris que tu avais pu te laisser abuser par les déclarations de cette femme. Comment peux-tu m'aimer encore, alors que je t'ai laissée seule pendant que tu portais notre enfant ? Que je n'ai pas été capable de te soutenir pour l'élever…

Bella lui décocha un sourire gentiment moqueur.

— Gabriel, dit-elle, tu ne crois pas que tu pourrais cesser de dire du mal de l'homme que j'aime ? Et puis, je n'étais pas seule. Il y avait mes parents, ma sœur et mon frère…

— Dire que je n'ai fait qu'aggraver les choses en t'obligeant à m'épouser lorsque je t'ai retrouvée, soupira-t-il. Ma seule excuse, c'est que j'ai compris alors que je n'avais jamais cessé de t'aimer. J'avais trop peur de te perdre de nouveau.

— Ce n'est pas simplement pour Toby que tu m'as épousée ?

— Toby a été un prétexte. Je craignais tellement que tu refuses sinon.

Bella ne pouvait s'empêcher de décortiquer tout ce que Gabriel lui confiait. Or, s'il l'aimait comme il le disait, si ce n'était pas seulement le bien-être de Toby qui avait motivé sa demande en mariage, pourquoi avait-il écourté aussi brutalement leur lune de miel ?

Comme s'il lisait dans ses pensées, Gabriel répondit à sa question avant même qu'elle ne la formule :

— C'est parce que je t'aime tant, Bella, que j'ai préféré quitter l'île au bout de deux jours. Je craignais trop de ne pas pouvoir résister à la tentation durant ce tête-à-tête. Et je m'en veux tellement de ne pas avoir eu plus de force de caractère hier soir. Tu as failli mourir en mettant Toby au monde. Je ne veux pas te faire courir ce risque une nouvelle fois. Je voulais que tu consultes un gynécologue avant que… et je n'ai pas su résister au désir que j'ai pour toi !

Il secoua la tête d'un air accablé.

— Je suis allé en voir un ce matin, poursuivit-il, mais il ne m'a guère éclairé. Tout ce qu'il a pu me dire, c'est qu'il ne pouvait pas poser un diagnostic sans t'examiner ! Mais tu es peut-être déjà enceinte à l'heure qu'il est…

Un sourire radieux illumina le visage de Bella.

Ainsi, en décidant de leur retour en Angleterre, puis en se reprochant de lui avoir fait l'amour, Gabriel n'avait eu qu'un souci en tête : la crainte de la perdre !

Dire qu'il était même allé consulter en cachette !

— Pour ma part, avoua-t-elle, c'est une perspective qui m'enchanterait. Et rien ne dit que j'aurais les mêmes problèmes qu'à la naissance de Toby.

L'humeur maussade de Gabriel avait cessé de la préoccuper.

La seule chose qui comptait était de savoir qu'il l'aimait.

Que tous deux partageaient cet amour fabuleux.

Ensemble, ils sauraient faire face à toutes les difficultés qui pourraient se dresser sur leur chemin.

Elle prit un ton tendrement moqueur pour le rassurer.

— Aie confiance, Gabriel ! N'oublie pas que tu es un Danti !

Elle sentit qu'il se détendait en voyant le regard malicieux qu'elle levait vers lui.

— Tu ne serais pas en train de te moquer de moi, par hasard ? questionna-t-il.

— Juste un petit peu, répondit-elle avec un rire de gorge. En fait, je trouve que cela nous ferait le plus grand bien de prendre quelques risques supplémentaires. Qu'en penses-tu, mon amour ?

Sans attendre sa réponse, Bella prit Gabriel par la main et, un sourire gourmand aux lèvres, l'entraîna vers l'escalier qui menait à la chambre.

Sans résister, il la suivit.

Il savait fort bien qu'il ne pourrait jamais lui refuser quoi que ce soit. Le reste de sa vie se passerait à aimer et protéger Bella.

Clara Louisa, leur fille, naquit un an plus tard, sans la moindre complication.

Et deux ans s'écoulèrent avant que Bella donne naissance, dans d'aussi parfaites conditions, à leurs jumeaux, Simon Henry et Peter Cristo.

UN DÉSIR INDOMPTABLE, Julia James • N°3180

Lorsqu'elle se retrouve nez à nez avec Nikos Kazandros, Sophie sent le sol se dérober sous ses pieds. Quatre ans plus tôt, cet homme ne l'a-t-il pas rejetée et humiliée alors qu'elle était éperdument amoureuse de lui ? Pourtant, malgré le regard méprisant qu'il pose aujourd'hui encore sur elle, elle ne peut s'empêcher d'éprouver pour lui un désir aussi intense qu'autrefois...

RETROUVAILLES SICILIENNES, Kate Walker • N°3181

Quand elle reçoit de son mari, qu'elle n'a pas vu depuis deux ans, l'ordre de se rendre en Italie pour finaliser leur divorce, Marina sent la colère la submerger : comme à son habitude, Pietro se montre autoritaire et insensible. Mais elle aussi veut le divorce, pour pouvoir enfin tourner la page, reconstruire sa vie. Aussi accepte-t-elle de se rendre en Sicile...

LA CAPTIVE DU PRINCE, Chantelle Shaw • N°3182

« Si vous voulez garder votre fils, vous devez venir vivre dans mon pays... » Aussi incroyables que ces mots lui paraissent, Erin sait que le prince Zahir ne plaisante pas, et que pour récupérer son neveu — l'héritier du royaume —, il n'hésitera pas à utiliser tout son pouvoir et son argent. Impuissante, Erin cède, pour ne pas perdre son enfant...

UN REDOUTABLE DON JUAN, Christina Hollis • N°3183

Même si Gwen rêve de passer toutes ses nuits en compagnie de l'irrésistible comte Etienne Moreau, elle ne peut accepter une liaison qui ferait d'elle une simple maîtresse. Une maîtresse qu'il congédierait sans ménagements une fois lassé...

L'ÉPOUSE D'ALEXEÏ KOLOVSKY, Carol Marinelli • N°3184

- Le secret des Kolovsky - 1ère PARTIE

Lorsque Alexeï Kolovsky, son patron, lui demande de l'épouser, Kate est folle de joie. Avant de comprendre que l'homme dont elle est follement éprise n'a en réalité qu'un but : prouver à tous que la stabilité de sa vie privée lui permet désormais de reprendre les rênes de l'entreprise familiale. Bien que déçue, Kate accepte, tant l'idée qu'Alexeï épouse une autre femme lui est insupportable...

Attention, numérotation des livres pour le Canada différente : numéros 1619 à 1624

www.harlequin.fr

A paraître le 1er septembre

Best-Sellers n°478 • suspense

Jamais je ne t'abandonnerai - Antoinette van Heugten

Danielle Parkman, une brillante avocate qui élève seule son fils Max, est complètement désemparée face aux crises de colère de plus en plus fréquentes et incontrôlables de l'adolescent. Malgré tout, elle refuse le diagnostic posé par les médecins de la meilleure clinique psychiatrique de l'Iowa. Certes, Max souffre d'une forme d'autisme rare, mais il n'est pas dangereux. Elle en est certaine. Jusqu'à ce qu'elle le retrouve inconscient et couvert de sang à côté d'un jeune patient sauvagement assassiné. Séparée de force de son enfant, Danielle s'accroche à l'idée que Max est innocent. Mais peut-elle vraiment en être sûre ? Et si son fils était bien le meurtrier ? Soutenue par Tony Sevillas, un séduisant avocat qui semble prêt à tout pour défendre sa cause, Danielle décide de braver la peur et le doute pour découvrir la vérité – et sauver son fils d'une justice qui ne voit en lui que le coupable idéal.

Best-Sellers n°479 • suspense

Les disparues du bayou - Brenda Novak

Depuis l'enlèvement de sa petite sœur Kimberly, seize ans plus tôt, Jasmine Stratford a enfoui ses souffrances au plus profond d'elle-même et s'est dévouée corps et âme à son métier de profileur. Mais son passé ressurgit brutalement lorsqu'elle reçoit un colis anonyme contenant le bracelet qu'elle avait offert à Kimberly pour ses huit ans. Bouleversée, elle se lance alors dans une enquête qui la conduit à La Nouvelle-Orléans. Sur place, elle ne tarde pas à découvrir un lien effrayant entre le meurtre récent de la fille d'un certain Romain Fornier et le kidnapping de sa petite sœur. Prête à tout pour découvrir la vérité, Jasmine prend contact avec Romain Fornier, seul capable de l'aider à démasquer le criminel. Elle se heurte alors à un homme mystérieux, muré dans le chagrin et vivant dans le bayou comme un ermite. Un homme qu'elle va devoir convaincre de l'aider à affronter le défi que leur a lancé le tueur : *« Arrêtez-moi »*.

Best-Sellers n°480 • paranormal

La nuit écarlate - Heather Graham

Lors d'un voyage en Transylvanie, Jessica Fraser, jeune psychologue, est oppressée par la sensation d'être constamment épiée. Une appréhension qui grandit encore en elle et que viennent bientôt confirmer de terrifiants incidents survenus au cœur de la forêt des Carpates. Comme si la forêt était hantée par des créatures malfaisantes. De retour chez elle à La Nouvelle–Orléans, Jessica, encore sous le choc de cette étrange expérience, fait la connaissance de Bryan McAllister, professeur d'Histoire ancienne. Et lorsque Bryan lui parle de ses recherches sur un culte satanique déjà à l'œuvre en Transylvanie et sur le point d'atteindre les Etats-Unis, l'inquiétude ne la quitte plus. Irrésistiblement attirée par cet homme qui la déstabilise pourtant profondément, Jessica accepte d'aider Bryan à dévoiler la vérité. Leur quête les entraîne des bars confinés du Quartier français de La Nouvelle-Orléans vers des forêts obscures, là où l'on craint de se perdre et de prononcer le mot tant redouté…celui de *vampire*.

Best-Sellers n°481 • roman

La maison des secrets - Emilie Richards

En emménageant dans une maison au bord de l'eau, sur la presqu'île de Happiness Key, en Floride, Dana Turner souhaite simplement offrir un havre de paix à sa fille Lizzie. Jamais elle ne se serait attendue au sentiment profond de bonheur qui la gagne dès leur installation. Car non seulement ses voisines l'accueillent chaleureusement, mais Pete Knight, un homme séduisant et attentionné, lui fait une cour assidue. Pourtant, Dana a toutes les raisons redouter que ce bien-être ne soit éphémère, car un passé douloureux la condamne à déménager sans cesse, dès que les questions sur sa vie se font trop pressantes. L'ennui, c'est que cette fois-ci, sa petite Lizzie semble plus heureuse que jamais, tandis qu'elle-même s'attache chaque jour davantage à Pete. Alors doit-elle encore fuir, au risque d'avoir le cœur brisé et de faire à nouveau souffrir Lizzie ? Ou peut-elle enfin dévoiler le secret qu'elle garde précieusement enfoui au plus profond de son cœur, et se donner, ainsi qu'à Lizzie, la chance de sourire pleinement à la vie ?

Best-Sellers n°482 • suspense

Dans l'ombre du danger - Maggie Shayne

Traumatisée pendant l'adolescence par son père, un homme odieux et violent, Dawn Jones a quitté Shadow Falls cinq ans plus tôt, espérant oublier les souvenirs douloureux liés à sa ville natale. Pourtant, lorsqu'elle apprend que le policier Bryan Kendall, son seul et unique amour de jeunesse, est accusé du meurtre de sa petite amie, elle décide immédiatement de retourner dans le Vermont pour lui venir en aide. Bryan, qui n'a jamais cessé de hanter ses nuits, est incapable de commettre un crime, elle en est persuadée. Mais à peine est-elle de retour qu'un nouveau meurtre vient frapper la tranquille petite communauté. Et tandis que la peur gagne les habitants, Dawn sent monter en elle une impression étrange et angoissante : celle d'être observée dans chacun de ses gestes par le tueur.

Best-Sellers n°483 • thriller

Tourmentée - Pamela Callow

Hantée par la mort de sa jeune sœur, fragilisée par une rupture amoureuse mais décidée à aller de l'avant, Kate Lange se lance à corps perdu dans sa carrière d'avocate, en Nouvelle-Ecosse. Mais le meurtre horrible de Lisa, la petite-fille de l'une de ses clientes venue lui demander conseil au sujet de l'adolescente, ravive ses blessures secrètes : aurait-elle pu empêcher ce drame ? Est-elle responsable de cette mort – comme de celle de sa petite sœur, morte quinze ans auparavant dans un accident de voiture dont elle seule a réchappé ? Tourmentée par le poids de ses doutes, déterminée à faire la lumière sur le meurtre de Lisa, Kate décide de mener sa propre enquête. Quitte à risquer sa carrière en s'exposant aux critiques acerbes et au regard d'acier de l'intransigeant Randall Barrett, son directeur de cabinet. Et sans savoir que le danger est toujours là. Car le tueur, lui, a déjà repéré sa nouvelle proie…

BestSellers

Best-Sellers n°484 • historique

La rebelle de Longwood - Susan Wiggs

Picardie, 1414.

Mariée précipitamment pour échapper à l'époux anglais que son oncle veut lui imposer, Belliane, châtelaine de Longwood, savoure silencieusement sa victoire. Car si son mariage avec Lazare Mondragon ne lui apportera jamais la passion à laquelle toute femme aspire, il lui permettra, croit-elle, de protéger Longwood de son ennemi éternel, l'Angleterre. Hélas, dès leur nuit de noces, Belliane découvre que Lazare ne lui donnera jamais d'enfant : s'il l'a épousée, c'est pour capter son héritage au profit de son propre fils.

Bien décidée à se battre pour garder Longwood, Belliane voit son espoir renaître lorsqu'elle rencontre Rand, un chevalier. Au fil de leurs rendez-vous secrets, Rand la guide sur le chemin de la sensualité, éveillant en elle une femme libre, rebelle et passionnée. Et suscitant au plus profond de son cœur le désir de concevoir un héritier pour Longwood. Sans imaginer que le piège qu'elle a si ardemment voulu éviter va maintenant se refermer sur elle…

Best-Sellers n°485 • historique

Piège d'émeraude - Nicola Cornick

Yorkshire, 1810.

Alice Lister est révoltée par la proposition de l'arrogant Miles Vickery. Certes, un an plus tôt, elle s'est éprise du marquis avec une passion naïve, convaincue qu'il était un homme courageux, loyal, sincère... Mais, après une cour passionnée de plusieurs mois, Miles s'est montré sous son vrai jour en disparaissant sans un mot d'explication pour poursuivre une héritière plus riche qu'elle. Depuis, Alice lui a clairement fait comprendre qu'elle ne voulait plus jamais le revoir. Alors comment ce chasseur de dot ose-t-il se présenter chez elle et lui demander sa main ? La croit-il assez sotte pour se laisser tromper une nouvelle fois ? Quoi qu'il en soit, Alice est déterminée à l'éconduire sans ménagement. Mais, alors qu'elle savoure déjà sa vengeance, le mufle abat sa dernière carte : si elle refuse de l'épouser, il dévoilera son appartenance aux Glory Girls. Un secret qui pourrait bien l'envoyer tout droit en prison…

Composé et édité par les
éditions Harlequin
Achevé d'imprimer en septembre 2011

BRODARD & TAUPIN

La Flèche
Dépôt légal : octobre 2011
N° d'imprimeur : 64502

Imprimé en France